Les amants sous intempéries

Nouvelles

Cécile Oliva

Les amants jaune passion

Nouvelle

« Ce n'est pas en regardant la lumière qu'on devient lumineux mais en plongeant dans son obscurité »

Carl Jung

1

Bientôt des torrents de pluies opaques s'abattront sur les Grenadines. La mer cristalline en sera si troublée qu'on ne saura plus quelle couleur lui donner. Et dans le tumulte des vents, la lumière et les nuages s'épouseront au ras des eaux enlacées.

Situé dans les Petites Antilles au nord de Trinité-et-Tobago, l'archipel avait été épargné, pendant quarante-neuf ans, par les cyclones avant d'être dévasté par un ouragan nommé, Ivan. Aucun autre ravage n'était venu perturber la quiétude de l'île de Grenade jusqu'à ce jour.

Paul et Clélia se connaissaient depuis quelques heures seulement. Ils ne savaient pas qu'à midi le soleil allait se coucher.

Dans leurs regards subsistait, encore, le plaisir de leur première étreinte. Leurs pupilles restaient dilatées comme si, au contact de l'autre, ils n'étaient déjà plus les mêmes. Elles ressemblaient aux grains sombres et mordants enfouis dans la chair acide et sucré du fruit de la passion. Des grains noirs carbonisés par le flot d'un désir infini avaient dévoré leurs iris bleutées.

Alors que, sur l'île, la lumière devenue sourde, figeait les inclinaisons les plus suaves, au loin, à une vitesse vertigineuse, une perturbation nuageuse se transformait en cyclone. Depuis toujours, cette région tropicale, comme d'autres plus au loin, paragraphe les lois de l'inévitable.

Tous les indicateurs portaient à croire que la trajectoire du monstre venteux glisserait plus au nord. Mais les routes qu'empruntent les ouragans ne sont pas si nombreuses. Les îles dites Sur-le-vent subissent les délires dépressionnaires alors que celles appelées Sous-le-vent, demeurent, à chaque fois, miraculeusement, à l'abri de la colère océane.

L'écho de leur plaisir avait réveillé le pouvoir du plus grand que soi. Sans s'en rendre compte la passion de leurs corps amoureux convoqua l'irrémédiable retour du sauvage. Et avec lui des émotions jamais vécues.

2

C'est par un temps lumineux et clair, à la douceur incomparable, qu'ils s'étaient installés, tour à tour, au sud de l'archipel des Grenadines, sur la plus grande des îles, tout simplement appelé, La Grenade.
Ils avaient déjà eu l'occasion de se croiser sans véritablement prendre le temps de faire connaissance. Ils se contentaient de se saluer, de loin, d'un signe de la main ou d'un hochement de tête. Paul savait que Clélia dessinait. Clélia savait que Paul, après avoir été victime d'un accident de plongée, s'était lancé dans la photographie sous-marine.

La journée avait commencé comme tous les autres jours, par un lever de soleil éblouissant. Au-dessus d'une mer qui n'était pas encore turquoise, un gris rose se teinta d'orange puis d'un rouge couleurs de flammes avant de laisser le jaune dominer la lumière.
Peu après l'aube, à l'heure la plus calme, nageurs et nageuses s'enfonçaient dans les vagues, les uns après les autres, comme s'ils suivaient un rite religieux qui n'appartenait qu'à eux. Ils disparaissaient dans les eaux claires pour en ressortir transformés, emplis d'une vitalité nouvelle impossible à trouver sur terre ferme. Alanguis sur le sable, leurs peaux huilées à outrance, ils brillaient tant qu'ils finissaient, parfois, par étourdir le soleil lui-même.

En début d'après-midi Paul s'installa au bar de la plage où il avait l'habitude de se rendre par temps calme. Il sirotait un verre lorsqu'il vit Clélia sortir de la mer. Sa peau lisse reflétait les rayons du soleil comme celle d'un cétacée. Il remarqua de suite son pas nonchalant venir à lui. Ses pieds nus s'enfoncer dans le sable sans laisser de traces. Et l'eau salée qui ruisselait le long de ses cheveux défaits. Sa serviette était à deux pas de là où il se trouvait. D'un air distrait, elle se sécha sans prendre le temps de bien renouer les lacets du bas de son maillot de bain. Lorsqu'elle voulut s'allonger sur le sable, le tissu doré laissa entrevoir, un bref instant, le bombé nu de son pubis, avant qu'elle se saisisse des liens pour mieux les ajuster.

Etendue sur le sable, elle ferma les yeux comme si ce moment n'avait pas existé. Comme si personne n'avait été témoin de ce geste aussi maladroit qu'équivoque. Comme si elle était seule sur la plage, à présent, bondée. Comme si personne ne la regardait, jamais. Comme si elle n'existait que pour elle seule.

Paul cessa de respirer. A sa vue, en apnée, il renoua avec les émotions sous-marines. La douceur de sa présence l'enveloppa tout entier. Elle lui apparut telle qu'il ne l'avait encore jamais vue. En cet instant, il sut qu'elle n'était la femme de personne et qu'elle n'avait pas besoin de l'être pour intéresser un homme. Elle appartenait au cercle très fermé de celles et ceux qui donnent envie d'aller chercher leurs bagages à la seule évocation de leur prénom.

Clélia se retourna sur le ventre. Ses yeux étaient cachés par des lunettes de soleil qu'elle ôta en faisant une grimace. Un reflet jaune éclaira ses yeux comme un panneau lumineux à l'entrée d'un bois ombragé. Paul avala sa salive en soupirant légèrement. Elle tourna plusieurs fois son visage vers lui avant de se relever comme si, tout d'un coup, il y avait urgence.

Debout face à la mer, elle ne bougea plus. Le soleil se cacha derrière un nuage à l'opacité étrange. Une lumière inhabituelle éclaira le ciel puis la mer. Au loin, un chatoiement de couleurs incroyables surgit de l'horizon. Il ne s'agissait pas d'un arc en ciel. Une multitude de lignes plates se répandaient sur la mer. Verte, pourpre, jaune vive et grenade, elles s'étalaient le long du bleu turquoise à l'en faire disparaître. Personne d'autre ne fut témoin de ce miracle. Le jeu des couleurs couchées les unes sur les autres dura trop peu de temps. La perspective lointaine reprit son allure habituelle. Dans le sillage des couleurs disparues, une lumière blanche s'invita à son tour. Et avec elle, le risque d'un lendemain incertain.

Clélia tendit un bras vers le ciel. Elle glissa ses mains dans ses cheveux et d'un geste vif, les coiffa en un chignon à la tenue improbable. Puis doucement, elle laissa un de ses bras retomber le long de son corps.

Les larges feuilles d'un palmier décoraient sa peau de leurs ombres. Elle gardait le bras droit tendu vers le soleil, la main ouverte, les doigts écartés comme si elle avait le pouvoir d'attraper un nuage qui n'existait pas encore.

Puis elle se retourna vers Paul. En croisant son regard il sut que le moment de faire connaissance était enfin arrivé. Il l'invita à venir le rejoindre en prenant bien soin de lui demander si elle était d'accord. Après avoir enfilé une robe et rassemblé ses affaires, elle s'installa à sa table.

Le vent tomba, d'un coup, emportant avec lui le souvenir des couleurs de la mer grenadine.

Sitôt assise, elle fut étonnée d'entendre frapper bruyamment. Elle regarda autour d'elle avant de comprendre que c'étaient ses propres battements de cœur qui retentissaient au-delà de la mer et revenaient, en écho, se répandre autour de leur table. Son cœur s'était ému d'être, enfin, si près de lui, avant même qu'elle le sache.

Paul souriait. La franchise de son regard était vive. Il émanait de lui, une spontanéité et un naturel agréables à partager. Tout paraissait simple. Rien dans son attitude ne supposait une gêne quelconque. Il s'adressait à elle comme s'il la connaissait bien, comme s'il savait ce qu'elle aimait, ce qui l'intéressait.
Bien que plus timide, Clélia se laissa emporter par le flot des questions. En cœur, ils s'étonnèrent de ne pas avoir eu l'audace de se parler dès la toute première fois. Ils avaient tant à se dire. L'entente était parfaite. Une

certaine connivence spirituelle dominait leurs échanges. Tous deux avaient vécu en Méditerranée. Ils connaissaient le pouvoir de l'alliance du souffre et du sel.
De ce côté-ci de la terre, on appelait cela, l'alchimie.

De son sac, elle sortit un carnet de croquis qu'elle lui montra en s'excusant de n'avoir que cela à lui présenter. Clélia lui confia effacer une partie de ses dessins comme si elle n'arrivait jamais à les finir.
D'un jour plus ancien, Paul évoqua sa dernière plongée dans les profondeurs de la mer Méditerranée. Le bleu sourd des cent mètres parcourus, l'extase de la remontée, la brutale syncope, le réveil douloureux puis la saveur des facultés retrouvées.

Bénis par le flux et le reflux de l'ordre naturel des choses, Paul et Clélia avaient plaisir à se découvrir. Discrètement, de temps en temps, ils laissaient leurs regards parcourir leurs visages ou leurs corps.

Elle contempla sa bouche, ses cheveux bruns coupés courts, le froissé des coins de ses yeux bleus, la peau ambrée de ses bras découvertes par les manches de sa chemise retroussées, sa légère barbe poivre et sel. L'épaisse cicatrice collée au-devant de sa trachée. Elle aima la vivacité de sa voix et la joie innée de son regard. Il caressa des yeux l'ourlet de ses lèvres, la naissance de son cou, sa main posée sur le haut de sa poitrine, le rythme du battement de son cœur, le bronzé de ses cuisses, les boucles de ses cheveux encore humides. La mélancolie de ses paupières. Il aima le calme de son regard et les lentes hésitations de sa voix.

Le temps passa à une vitesse vertigineuse tel un nuage porté par le souffle d'un vent trop puissant. Aucun des deux ne consulta sa montre ni son téléphone portable.

Intensément dans le regard l'un de l'autre, ils ne virent pas le soleil décliner ni la plage se vider et encore moins les bateaux se réfugier à l'abri des prochains vents menaçants. Clélia sentit la lumière devenir grise mais n'en fut pas inquiétée. Paul aperçût les garçons de plage ranger le mobilier extérieur, sans s'émouvoir de la précipitation de leurs pas. Ils ne voulaient plus bouger.

Alors que le jour s'était couché depuis longtemps, ils reçurent une notification sur leurs téléphones les informant du monstre nuageux qui s'était formé au-dessus de l'Atlantique et qui se dirigeait droit sur eux.

Ils se connaissaient depuis sept heures. L'aube leur paraissait lointaine. Cette nuit était pour eux et en cet instant, rien au monde n'aurait pu les séparer l'un de l'autre. Leurs désirs étaient ciment.

3

A l'aube, la mer se teinta d'un gris sourd, puis d'un gris tragique et sauvage. Le léger clapotis de l'eau contre le sable se gorgea, bientôt, d'une plainte. La houle n'était plus. Avec elle s'évanouit la possibilité d'être épargné par l'orage. Dans le ciel, les masses nuageuses s'amoncelaient les unes contre les autres comme si elles tenaient un conseil et s'entretenaient pour décider de l'endroit précis au-dessus duquel elles allaient exprimer leurs colères.
L'ordre fut donné de s'abattre, vers onze heures, là où précisément Clélia habitait, sans donner la possibilité au soleil de midi de briller.

D'un pas incertain, elle venait de quitter Paul. Sur la route, durant tout le trajet, la pluie tomba en rideau. Elle roula, pas à pas, collée aux autres voitures. Au travers de la vitre, elle aperçut des habitants s'affairer à clouer des planches contre les fenêtres des maisons et les devantures des magasins. Au détour d'un chemin, un panneau indiquait une direction qu'elle n'arrivait plus à lire. Les phares des véhicules n'éclairaient plus qu'une eau grise à l'inquiétante abondance. Les routes se transformaient lentement en rivières.

Il lui fallut une heure pour atteindre sa demeure alors que dix minutes suffisaient par temps calme.
De loin sa maison lui apparut bien vulnérable.

Les volets roulants de sa baie vitrée attendaient d'être baissés. Comme il fut cruel de laisser un rideau supplémentaire obscurcir l'horizon.

Elle pensait avoir le temps de ranger quelques affaires et de mettre à l'abri le plus important avant de partir retrouver Paul. Il n'en fut rien.
Lorsqu'elle ouvrit la porte de sa maison, celle-ci se referma d'un coup sans lui permettre de la pousser à nouveau. Un vent violent avait choisi de la laisser à l'intérieur de l'endroit duquel elle voulait s'échapper.
L'atmosphère était devenue si lourde et pesante que les murs semblaient plus proches qu'à l'accoutumée. Alors qu'aucun dommage n'était encore à déplorer, la rue entière paraissait avoir rétrécie au point de serrer toutes les façades les unes contre les autres. Clélia étouffait.

Sa respiration s'entrecoupa de brèves suppliques lorsqu'elle finit par comprendre qu'il lui serait impossible de rejoindre Paul et qu'elle devrait se cloitrer, ici-même, durant toute la durée du passage cyclonique.
Il faisait si sombre. Au dehors la lumière n'était plus. L'île venait de plonger dans les ténèbres d'un jour qui semblera sans fin.

Plus de trois heures s'étaient écoulées depuis son départ et déjà le manque se faisait sentir. Alors qu'elle essayait de rassembler ses idées et de trouver le meilleur emplacement où se protéger, elle crut défaillir.

L'air lui manquait. Le parfum de Paul aussi. Le bruit de la pluie mêlée à celui du vent l'étourdissait aussi fortement que si elle s'était trouvée dehors.
C'est en éprouvant pour la première fois le manque, le manque cruel de lui, de sa peau nue, du piquant de la barbe de ses joues, de son souffle chaud, de ses murmures dans la nuit, de ses mains dans les siennes, de ses yeux noyés de plaisir, de la douceur de son dernier baiser, qu'elle comprit que quelque chose de plus fort qu'une simple rencontre s'était inscrite entre elle.

Une bourrasque violente s'abattit d'un coup contre la façade de sa maison. Puis un fracas épouvantable comme s'il s'agissait de la chute d'un arbre. Clélia se retrouva dans le noir complet. L'électricité ne fonctionnait plus.

Une dernière notification éclaira l'écran de son téléphone. L'ouragan avait été prénommé : Paul.

4

Au moment où Clélia avait quitté sa maison, Paul avait pris en photo la contradiction de ses pas. Son pied droit fixait la porte alors que son pied gauche était encore tourné vers la chambre. Elle avait refermé la porte derrière elle en se retournant une dernière fois comme si elle avait oublié de lui dire quelque chose.

Il n'avait pas réussi à la retenir. Elle avait insisté pour rentrer et protéger ses dessins. Son travail, sa vie n'étaient que papier. Paul avait de la chance, son appareil photo était étanche. Le reste importait peu. Il n'avait pas d'autres biens, d'autres trésors à préserver que les souvenirs de la nuit passée.

Le pli des draps marquait sa présence. L'odeur de Clélia se répandait encore dans toutes les pièces de sa maison. Il n'avait pas envie d'ouvrir les fenêtres pour rabattre les volets. Le vent allait s'engouffrer avec force et balayer les derniers effluves sensuels suspendus dans l'air avec grâce.

Le monde du dedans n'était plus le même.

Allongé sur son lit, Paul rêvait les yeux ouverts. Jamais il n'avait vécu un moment comme celui de la veille. Ou plutôt il lui semblait être resté un temps infini, certain de ne plus être capable d'en partager d'aussi forts. Il avait même cru que c'était fini pour lui. Que le temps de la découverte et des sensations inouïs était destiné aux autres et qu'il en demeurerait à jamais, à l'écart. Comme un homme devenu, soudainement, étranger au langage corporel érotique. Sans possibilité de dialogues avec le corps d'une autre femme que celle qu'il avait aimé avant son accident de plongée en Méditerranée.

Et pourtant.

Lui avait-il fallu changer de latitude, de climat, d'environnement pour renouer avec les sens. Cet archipel était si beau. Si étendu. Si vaste dans son intensité sous-marine. Si riche de coraux merveilleux, d'épaves tragiques, de poissons sportifs et malins. Les dégradés de bleus, de verts ou de turquoises étaient si nombreux que le nom de certaines couleurs manquait. Il aurait voulu en inventer d'autres pour mieux décrire l'extase de chaque plongée. Comme il aurait voulu inventer un nouveau vocabulaire pour décrire sa rencontre avec Clélia. Durant la nuit il avait essayé.

Jamais il n'avait connu de corps si parsemé de grains de beauté. La peau de son dos en était recouverte comme celle de son ventre. Sous la clarté de la Lune, ils lui étaient apparus telles des étoiles brunes dans un ciel lumineux. Aussi mystérieux que peuvent l'être les grains sombres enfouis au cœur du fruit de la passion. Clélia en possédait cinq nichés entre ses deux seins. *C'est une constellation nouvelle pour moi*, lui avait-il murmuré alors qu'ils faisaient l'amour.

Pourquoi était-elle si longue à revenir ? Elle lui avait promis qu'elle reviendrait le retrouver. Il était déjà si tard. Il faisait déjà si sombre. Un jour, une nuit ensemble et déjà de nouveau la nuit mais sans elle, cette fois-ci.

Un torrent de pluie opaque s'écoulait de l'autre côté des fenêtres. Un mur de nuages noirs s'éleva au-dessus du petit mont volcanique. Le jour ne filtrait plus. D'énormes masses se formaient tout autour des arbres à les faire disparaitre comme s'ils n'avaient jamais existé.
La lumière se teinta d'un effrayant reflet jaune souffre puis d'un gris caverneux.
Le monde du dehors se transformait lentement sous ses yeux. Malgré la lourdeur du temps, sa peau fut parcourue de frissons.

5

Que restera-t-il de la richesse de la nature, de l'émerveillement que la contemplation procure ? Lorsque le cyclone se perdra plus au nord, que restera-t-il de la flamboyance qui saisit d'émotion dès le premier regard posé sur la mer cristalline ? Les vents se feront-ils aussi ravageurs que lors de leurs derniers passages ? L'île ne sera-t-elle plus que saccages et douleurs après leurs départs ?

La forêt sera-t-elle entièrement dépouillée de ses arbres, les plantes de la luxuriance de ses feuilles, les fleurs de ses pétales, la mer de ses coquillages, le sable de la lumière de ses cristaux minuscules ?

Qu'adviendra-t-il de la beauté de cet archipel aux îles parsemées sur la mer turquoise comme des cailloux laissés sur un chemin afin que personne ne puisse, jamais, se perdre ? Jamais.

Qu'adviendra-t-il du souvenir de leur première nuit ?
La passion de leurs baisers s'envolera-t-elle dans le tourbillon des eaux et des vents ténébreux ?

Rongé par l'angoisse, Paul tenta de joindre Clélia au téléphone. En vain. Le silence n'était pas prévu au programme. Dehors la pluie et le vent redoublèrent de violence. Il crut être arraché du sol lorsqu'il sortit celer les longs panneaux en bois contre les vitres de ses fenêtres. L'eau de pluie s'engouffra abondamment par la porte alors qu'il luttait pour la refermer derrière lui. Son cœur cogna contre sa poitrine si fortement qu'il crut voir sa peau se décoller de son torse. Et les lèvres de Clélia se poser à l'extrémité de son téton.

Son absence se fit, tout d'un coup, affreusement cruelle.
Qu'aurait-elle pensé du choix du prénom attribué au premier cyclone de l'année ? Avait-elle peur de cette nouvelle obscurité sauvage ? Dans ce noir d'encre, s'était-elle mise à dessiner ce qu'elle ne pouvait plus voir ? Après la possession des corps, le temps du souvenir de la possession était-il enfin venu ? Et de sa perte, aussi.

La veille, tout était là. Et déjà tout pouvait disparaitre.
Le souvenir de sa dernière grande plongée refit surface.

La peau possède sa propre mémoire.

Dès que Célia avait noué ses bras autour de son cou, les intenses sensations sous-marines avaient envahi son corps tout entier. Il fut submergé d'émotions lointaines. L'eau tout autour de lui, son contact hypnotique, le bleu profond du silence, l'enveloppement de son corps par l'onctuosité saline de la mer.

Et puis…

Les jambes de Clélia autour de sa taille. La nudité de son corps, le doux balancement de ses hanches, la fraicheur de sa bouche, l'humidité de son ventre, l'extase d'une descente infinie, l'inimaginable profondeur jamais atteinte jusqu'ici.

Était-il déjà au lendemain d'un moment unique qui n'existera jamais plus ?

La crainte de l'évanouissement des émotions se superposa à celle de voir s'effondrer le monde tout entier. Il se sentit si démuni à l'évocation de la dissolution des expressions vives de la nature et du miracle des couleurs superposées sur la mer.

En cet instant, soudainement, la pensée des épaves enracinées dans les fonds marins lui apparut rassurante dans leurs éternités. Car jamais aucune d'entre elles ne bouge malgré les outrages que subit même le plancher des océans. Qu'importe les ouragans, le réchauffement des eaux ou la disparition de certaines espèces, entre les lattes des coques gorgées de coraux, les récits de certaines traversées demeureront à jamais. Au-delà des ravages terrestres, du ventre sous-marin, de nouveau, jaillira la vie.

Parfois la violence d'un orage fend, en deux, la structure d'un navire perdu au milieu de la mer. Au lendemain de leur rencontre, solidement attachés au souvenir de leur nuit commune, les nouveaux amants s'espéraient.

6

Au fils des heures, l'anxiété de Clélia se transforma en lente introspection salutaire. Alors que les éléments se déchainaient au dehors, l'obscurité de sa chambre se révéla apaisante. Une seule bougie éclairait, à présent, son espace. Un parfum de musc emplissait ses narines. Les hurlements du vent contrastaient avec la douceur de la flamme enfermée dans un pot transparent.

Elle ne pouvait aller nulle part, il ne servait à rien d'avoir peur. La colère du plus grand que soi dominait le monde, autant s'en remettre à sa possible clémence.
Assise par terre, elle classait ses dessins par ordre d'importance. A la lueur de la bougie, certains devenaient plus clairs. Ce qu'elle avait effacé avait laissé plusieurs traces. Le bouleversement de sa rencontre avec Paul suivi de l'excès des vents tempétueux la laissaient étrangement calme. Dans le noir, elle apprenait enfin à regarder.

Les temporalités se superposent pour mieux nous saisir. Dessiner était pour elle, une façon de revisiter le temps. Le passé et le présent s'emmêlent toujours.
Il lui semblait être encore avec Paul. Ou n'avoir pas encore eu l'occasion de lui parler. Peut-être était-elle, même, à la veille de leur véritable rencontre...

Souvent, elle commençait à dessiner des choses pour en effacer la moitié, quelques temps après. Sous le fracas des bourrasques, elle comprit que les traces de ce qu'elle gommait constituaient, en fait, le véritable dessin. Ces deux temporalités cohabitaient dans un monde flottant où, en ce jour, elle était plus à même d'en mesurer l'importance.

Depuis toujours Clélia fuyait l'amour. Il s'agissait autant d'antagonisme que l'expression d'une certaine dissonance. La perpétuelle contradiction des sentiments animait son esprit. Son incapacité à tomber amoureuse coexistait parfaitement avec son désir de rencontrer un homme.

Vouloir et craindre.
Espérer sans chercher.
Trouver et s'enfuir.

Paul était-il le dessin manquant ? Leur rencontre n'était pas due au hasard, elle relevait de l'évidence. Aucune présence humaine n'apparaissait dans ses œuvres. Leurs absences interrogèrent autant son inconscient que sa mémoire. Jamais elle n'avait éprouvé un tel trouble au moment de l'échange de leur premier regard. Il lui semblait n'avoir jamais ressenti rien de tel. Jusqu'à ce jour elle n'imaginait pas cela possible. Qu'un tel trouble ait pu traverser son être et que ce trouble ait pu être partagé.

La journée interminable touchait à sa fin, le temps du soir était venu. C'est alors que le vent se mit à tourbillonner avec fureur autour de la maison en faisant claquer les bardeaux sur le toit. Le craquement était épouvantable. La structure entière luttait pour ne pas exploser sous la force des bourrasques. Clélia pressa ses mains contre ses deux oreilles. Puis ferma les yeux. Si tout devait se rompre qu'il en soit ainsi.

Loin de Paul, lentement elle pouvait laisser ses sentiments croitre en elle, comme si dans son ventre, la lumière qui n'avait pas pu voir le jour sur l'île de Grenade, s'était répandu le long de ses artères pour atteindre, enfin, son cœur. L'ouragan la retenait dans cette chambre pour mieux la rapprocher de lui.
Par le déchainement de la nature, enfin la crainte des désordres amoureux s'évanouit.

Livrée sans défense aux intempéries, réduite à écouter le déchainement furieux du dehors, Clélia finit par s'endormir. Elle rêva d'orages. De temps en temps elle ouvrait les yeux pour les refermer aussitôt. Chaque fois un hurlement du vent la réveillait, chaque fois elle se rendormait. Un incessant va-et-vient de grondements rêvés et de sifflements véritables se succéda toute la nuit si bien qu'à l'aube elle s'endormit profondément exténuée ou résolue à ignorer, enfin, les derniers tourments.

Au matin, il ne tombait plus qu'une légère pluie.

7

Personne ne reconnut le paysage dressé devant lui lorsque peu avant huit heures, chacun s'hasarda au dehors. Personne ne reconnut, non plus, le silence. Aucun oiseau ne chantait. Certains avaient dû s'exiler plus au loin quand d'autres attendaient patiemment d'avoir la certitude que tout était bien fini pour réapparaître de nouveau.
Il régnait un calme douloureux qui tendait vers le convalescent. La lumière n'était plus grise mais d'un blanc laiteux dépourvu du reflet habituel de la mer paisible.

Paul n'avait pas dormi de la nuit et lorsque, enfin, la pluie se fit douce, son appareil photo accroché à son cou, il partit aider ses voisins déjà affairés à dégager les routes qui menaient aux souvenirs d'hier. Au plus vite, les environs devaient retrouver un semblant d'aspect tolérable pour que la réalité des jours à venir puisse être acceptée.

Seul le cœur de la forêt avait survécu. Les vents n'avaient pas réussi à déraciner les arbres les plus enchaînés les uns aux autres. Le long des côtes et des chemins de campagne, des troncs sans branches ni feuilles s'étalaient à perte de vue. Sur ceux encore debout, toutes les feuilles avaient disparu. Les palmiers ressemblaient à des lampadaires d'où pendaient deux ou trois branches misérables, tout au plus. Certains avaient même pris l'allure d'éoliennes qui confirmait, aux yeux de tous, à quel point, trois tiges dressées, ainsi, dans les airs peuvent être aussi hideuses qu'incongrus. Les vents avaient défiguré les côtes, dépouillé les campagnes, éventré les maisons laissant, derrière eux, un paysage de silence accablant.

Une masse curieuse reposait sur la plage située à l'Est de l'île, là où précisément Paul vivait. Attiré par cette présence curieuse, il décida de traverser son quartier résidentiel encombré de détritus de toutes sortes.
Il enjamba d'innombrables branches d'arbres, contourna des bouts de tôles arrachés des toits, poussa du pied des sacs plastiques et des bidons étalés de toutes parts, et dû même escalader plusieurs voitures retournées sur la route pour réussir à rejoindre la mer.

Dans un premier temps, il crut voir la coque d'un bateau échoué puis un amoncèlement d'algues charrié par les vagues mais très vite en se dirigeant au plus près de la plage, le vernis rouge d'un escarpin de femme le renseigna sur l'explication de cet amas disgracieux.

Des dizaines de chaussures superposées les unes sur les autres étaient répandues sur le sable. Durant la nuit, une nouvelle nature morte avait surgi. Loin de la beauté des tableaux classiques, cette nature morte respirait la décrépitude et le pourri.

Il ne s'agissait plus de fruits mûrs, d'oranges, de citrons, ou de fleurs mais d'un tas de chaussures d'hommes et de femmes entassées les unes sur les autres, si déformées par l'eau qu'il n'était plus possible de croire qu'elles avaient pu protéger, un instant, les pas de celles et ceux qui les avaient perdues. Aucune chaussure d'enfants n'était présente. S'agissait-il de souliers ayant appartenus à des hommes et des femmes qui s'étaient aimés ? D'amants séparés de force ? Noyés ou ayant survécus à l'extrémité d'un autre archipel situé plus au loin ?

A cette vue, Paul fut si bouleversé qu'il renonça à prendre ce cimetière de chaussures en photo. Ces épaves, à ciel ouvert, n'étaient pas pour lui. Pourtant habitué aux fantômes sous-marins, la représentation de cet amoncellement mortifère le glaça de l'intérieur.

Durant la nuit tous les océans de la terre s'étaient rejoints, s'étaient mêlés les uns aux autres pour rejeter, au matin, la douleur des amants perdus.
Le souvenir de Clélia sortant de l'eau affleura à sa mémoire. S'il devait déblayer une route autant choisir celle qui lui permettrait de la rejoindre le plus rapidement possible. A pieds, la distance serait longue à parcourir mais il avait déjà trop attendu.

Au loin, d'un autre quartier dévasté surgit la silhouette de Clélia. Elle courait.

8

C'est sous les rames d'un arbre dépourvu de feuilles mais toujours incroyablement debout, qu'ils se retrouvèrent enfin.

Après l'échange d'un baiser qui n'en finissait plus, ensemble, ils redressèrent leurs visages vers le dessous des branches à l'étendue incroyable.

Leurs immenses trajectoires ressemblaient aux tissus veineux d'un organisme vivant. D'épaisses à plus fines, les lignes s'allongeaient, se courbaient pour se déployer tels des vaisseaux sanguins en attente d'une perfusion sacrée.

Les tracés sinueux éclataient dans le ciel avec la même grâce que le confluent d'une rivière ou la courbe d'une anse à la géographie inconnue.

Le ciel devint rose.
Les branches se gorgèrent d'une lueur grenadine aussi transparente qu'inouïe.

Au loin, la mer n'était plus que lagon.

Les amants
bleu obscur

Nouvelle

« La mer n'existe pas
Ce n'est qu'une illusion
La mer n'existe pas
Parfois nous la rêvons »

Art Mengo

« Il est inutile de chercher sur la carte
les localités évoquées.
L'exactitude géographique n'est qu'une illusion.
Le delta du Po, par exemple, n'existe pas.
Et encore moins, bien sur, Scano Boa.
Je le sais, j'y ai vécu. »

Gian Antonio Cibotto

1

Il s'était réveillé à trois heures du matin en criant. Un bref hurlement d'angoisse empli de crainte ou de stupeur. Chaque nuit il revivait son naufrage.

L'eau boueuse de la rivière en crue. Les planches de bois tout autour de lui. L'odeur de pourriture. L'assaut des cadavres. Le calvaire des blessures le long de ses jambes. L'épuisement de son corps luttant inexorablement contre la puissance du courant qui voulait l'emporter. Son isolement, sa solitude. Au loin, les cris des oiseaux agrippés aux arbres.
Puis un souffle de sueur.
L'apparition d'un corps nu au visage de glace. Puis celle d'une main. Une main qu'il n'arrivait pas à saisir.
De l'eau encore. Mais bleue cette fois-ci. D'un bleu aussi profond que lumineux. Et toujours cette main qui se dérobait à la sienne.
Puis le calme.
Un calme absolu à l'image de la mort ou du plus obscur des silences. Un silence bleu nuit.
Puis la mer sous un ciel d'hiver.

Parfois le rêve l'oppressait tant, qu'il lui fallait sortir prendre l'air. Cette nuit-là, la sensation d'étouffement était plus cruelle que douloureuse. D'un pas incertain, titubant comme s'il était ivre, la main droite posée contre sa poitrine découverte, il se traina en dehors de sa chambre d'hôtel où il était hébergé depuis plusieurs semaines. Du sommet d'un cri qui ne produisit aucun son, il dut descendre en terre étrangère.

Jamais, auparavant, l'extrême étroitesse des ruelles ne lui avait semblé si bien pensée. N'importe quelle âme errante pouvait descendre l'avalanche d'escaliers sans craindre de tomber. Il suffisait d'écarter les bras en croix pour trouver, en quelques secondes seulement, un nouvel appui. S'il avait été fait de mousse, il aurait rebondi, telle une balle perdue tirée par plus maladroit que lui. Ses pieds, en glissant sur les marches, défiaient, à chaque fois, les lois de l'équilibre. Glacé de l'intérieur, Angelo suivait sa peur. Il lui emboitait le pas à chaque volée d'escaliers. Tout au long de la descente son regard se détourna des croix et des niches mortuaires incrustées au coin de chacune des maisons.

La nuit était compacte. La lune brillait à peine. Sa vue était devenue incertaine. De longues coulées de sueurs noyaient ses yeux. Il ne se souvenait pas avoir ressenti cela un jour. L'étreinte étouffante de la nuit contre sa solitude.

Son souffle, devenu un mince filet d'air, pinçait ses poumons. Il atteignit son point d'arrivée complétement épuisé. Avec peine, il saisit, de la main droite, une grosse poignée en fer. La porte de l'église n'était pas fermée. Le bruit sourd de sa respiration résonna entre les murs. L'écho de son soupir lui apparut encore plus cruel que la brûlure qui serrait tout le côté de son cœur. Il avait l'impression d'être le témoin de son supplice ou le bourreau de sa peine. Personne d'autre, à part lui, ne lui infligeait de douleur.

Il se coucha sur un banc au fond de l'église en tournant le dos à l'autel. Tout doucement il reprit son souffle.

Il n'est pas facile de parler de prière à ceux qui n'ont jamais prié. Plongée dans l'obscurité, loin du cœur sacré de l'édifice, son âme s'ouvrit à l'invisible. Il murmura des mots inaudibles et pourtant il fut entendu. Au-delà des frontières connues de tous, il existait un endroit.

Au commencement il y avait la terre, la pierre et l'eau.

2

En arrivant sur l'île par la mer vers le port, on ne peut pas manquer la tour aux ornements mauresques, ainsi qu'en contre bas plus à l'Est, le clocher d'une petite chapelle blanche tourné vers l'azur.

La villa était si belle qu'à sa vue on pouvait oublier qu'on était pauvre. Cependant et même du temps de sa splendeur, un charme teinté de renoncement la caractérisait. Sans doute était-ce dû au jaune délavé qui recouvrait ses murs. Si décoloré par endroits, que de loin, la bâtisse semblait zébrée. De longues trainées dégoulinaient de chaque façade, le long des grandes fenêtres, comme un rappel à la vulnérabilité du temps qui passe. Toutefois quelque chose en elle demeurait inchangée.
La villa Terracielo, car elle s'appelait ainsi, racontait encore la Méditerranée dans un style antique et cultivé.

Depuis les hautes arches de la terrasse, la vue sur la baie était à couper le souffle. Mais le plus surprenant ne se trouvait pas au-delà des nuages mais sur le toit de la villa. Les vestiges d'un petit temple rond gisaient sous l'oubli. Malgré l'usure de la pierre, les sept colonnes, hautes d'à peine trois mètres, étaient entières. Les restes d'une sculpture trônaient en son milieu. Ni pieds, ni bras, ni tête, seuls les plis d'une tunique esquissaient le souvenir d'une forme érigée en l'honneur d'une femme.

Rien n'indiquait la nature de son importance, idolâtrie sacrée ou vénération païenne avaient fondu, depuis des siècles, sous les caprices des vents.
Nul ne savait précisément par qui la villa avait été construite ni qui fut à l'origine de telle décoration ou de telle modification. Beaucoup d'hypothèses demeuraient. Chaque nouvelle enquête venait contredire les anciennes. Il n'existait aucun document certifiant son origine véritable.

Au début du siècle dernier, sans que personne ne sache réellement pourquoi la commune décida d'interdire toutes nouvelles recherches. Un décret officiel figea la villa au pays des hypothèses laissant à chacun la possibilité de s'approprier son passé à sa convenance.
Nombreux sont ceux qui l'occupèrent lui donnant, tour à tour, l'aspect d'une villa antique, d'une résidence royale restaurée, ou d'un pitoyable monument au passé factice. Sous certains angles, elle s'apparentait davantage à une simple ruine dont l'histoire véritable importait peu.
Pour les moins curieux ou les moins inspirés, elle n'était qu'une grande maison constituée d'un empilement de grosses pierres sur lesquelles s'emboitait une architecture au charme suranné.

Le jour où Angelo arriva sur l'île, la villa était vide. Plus personne ne l'occupait depuis longtemps. Seules quelques poules et brebis égarées la traversaient encore. Pour certains elle existait à peine. Beaucoup souhaitaient même la démolir. Elle occupait un si beau terrain.

Le flanc de la colline sur laquelle elle reposait, était exceptionnel. L'emprise de la nature séculaire dominait l'extrême sud de l'île peuplé de moins de deux cents habitants. Loin de la vieille ville qui faisait office de capitale ou de chef-lieu subsistait encore un paysage aride et sauvage que chacun souhaitait préserver. Pour les moins sensibles d'entre eux la villa n'était plus qu'un furoncle. Il était temps d'extraire le pus des derniers souvenirs. Des temps anciens qui n'inspiraient aucune nostalgie et encore moins de regrets. La détruire lessiverait le paysage. La colline retrouverait pleinement sa couleur d'origine. Un vert grillé par le soleil cerclé d'une terre sèche qu'aucun visiteur étranger ne savait apprécier à sa juste valeur.

Pour tout bagage, Angelo n'avait que lui-même. Un dos large et musclé prédisposé à soulever de lourdes charges. De longues jambes recouvertes de cicatrices. Des cheveux légèrement ondulés qui n'avaient besoin d'aucun peigne pour paraître coiffés. Une barbe de quelques jours. Des mains épaisses. Des pieds agiles. Et pour compléter le tout, des bras si longs qu'on aurait dit des branches.

Il venait d'avoir cinquante-trois ans et faisait plus que son âge. Une expression grave et mélancolique marquait son visage. Ses yeux étaient d'une tristesse infinie. Une lueur grise assombrissait son regard. Il semblait fatigué d'avoir longtemps attendu quelque chose ou quelqu'un qui n'était jamais venu. Ses yeux étaient emplis d'espoirs déçus et d'abandons cruels. Le contraste entre l'énergie de son corps et la détresse de sa figure frappait tous ceux qui avaient eu l'occasion de lui parler un peu.

Longtemps il vécut comme les autres. Il fut un homme fidèle à l'image de ce qu'on attendait de lui. Régulier, tranquille et prévisible dans ses actes, désirs et réalisations. Une vie semblable à celle de ses parents, conforme à l'ordre normal et habituel des choses, où l'extraordinaire n'avait aucune place. Jusqu'au jour où sa vie fut saccagée par les flots d'une pluie diluvienne.
Au lendemain d'un temps lumineux et clair il perdit tout. Il n'avait qu'une maison. Elle fut balayée par les vents et engloutie par une crue gigantesque qui transforma le petit ruisseau de la vallée en un torrent de boue meurtrier. Son village entier disparut sous l'amas de déchets innombrables. La zone fut rayée de la carte comme si personne n'y avait jamais vécu.

L'eau dissout davantage de substances que tout autre liquide. Elle désorganise les forces d'attraction qui maintiennent ensemble les molécules. Même l'acide n'a pas ce pouvoir.

La rivière en crue ne disloqua pas seulement son habitation mais sa vie tout entière et une part de lui-même. Elle avait été si violente que l'eau avait pénétré dans le cimetière et fendu, en deux, le bois de tous les cercueils. Vivants et morts s'étaient mélangés ensemble dans un déluge de boue jusqu'aux portes fermées de l'église. Angelo n'avait pu sauver personne. Il se souvenait des cris, du combat acharné des corps vivants contre les restes putrifiés, de l'angoisse des mourants et du silence de ceux qui s'étaient laissé emporter sans lutter.

Pour ne pas laisser l'eau gonfler le tissu de ses habits et l'entraîner davantage vers le fond ou l'enfer, Angelo fut obligé de se déshabiller complément. Avec peine et alors qu'il gesticulait dans tous les sens, tel un dément, il se délesta du poids de l'ensemble de ses vêtements.
Jamais il n'avait nagé nu.
La première sensation fut épouvantable. Il se sentit plus démuni encore. Et alors qu'il crut ne jamais trouver la force nécessaire pour poursuivre la lutte contre la puissance mortelle des courants déchainés, sa nudité devînt un atout. Avec agilité il réussit à s'agripper à la branche d'un énorme tronc d'arbre.

Nu comme au premier jour il revivait l'expérience de la naissance. Au moment où il venait de tout perdre et alors même que la mort rodait toujours autour de lui, il crut partir ailleurs. Une émotion étrange s'empara de lui. Il ne savait plus s'il voulait vivre ou mourir.
Bousculé par les tourbillons assassins, son corps souffrait le martyr. Par à-coups, les détritus sous-marins laceraient la peau et les muscles de ses jambes et la douleur fut telle qu'il se sentit défaillir.
Un court instant il ferma les yeux pour les réouvrir aussitôt, c'est alors qu'il choisit la vie.

Un cri dément s'échappa de sa poitrine et s'éleva au-delà du fracas monstrueux qui l'entourait. Personne d'autre que lui ne l'entendit. Longtemps son corps meurtri flotta au milieu de l'eau visqueuse écoulée de la vallée voisine.
Le courant l'éloigna des souvenirs de son enfance, de tous ceux qu'ils avaient connus et aimés, de tous ceux qu'ils n'avaient pu sauver, de la dépouille de ses parents, de la femme qu'il avait espéré connaitre, des enfants qu'il n'avait jamais eus, et au moment où il crut ne jamais revoir ni vivants ni morts, un bloc compact mit un terme à sa dérive.

Angelo devait la vie aux centaines de planches de bois libérées du poids de leurs cadavres. Ensemble elles avaient formé un rempart auquel il s'était accroché jusqu'à l'épuisement. Jusqu'à ce qu'un véhicule de secours le recueille à l'autre bout d'une contrée où il n'était jamais rendu.

Boscanoa était l'île, la plus petite et la plus au sud de la Sicile. Pour les Grecs, dans l'antiquité, elle était simplement le bout du monde.

3

Personne ne disait bonjour ou au revoir à ceux qui n'étaient pas de l'île, aux gens de passage qui n'avaient pas plus d'importance qu'une nuée de moucherons. Chaque visiteur n'était qu'un survol d'embarras ou de curiosités que les habitants ne prenaient même pas la peine de chasser de la main pour les voir disparaitre.

Personne ne salua Angelo le jour de son arrivée. Personne n'avait envie de savoir qui il était, ni s'il comptait rester. Durant les premières heures il crut à une marque de discrétion de leur part. A la tombée du jour il comprit que ce n'était qu'indifférence à son endroit.

Toute la journée, il marcha. Sans carte, ni boussole, il emprunta chaque sentier trouvé au hasard de sa route. Il ne se fia qu'à l'orientation du soleil et à la puissance de ses rayons qui l'obligèrent plus d'une fois à préférer l'ombre des oliviers aux chemins écrasés de chaleur.

A sa manière il vivait l'expérience de Compostelle. Après plusieurs jours de marche à travers les paysages somptueux de Sicile, il lui semblait découvrir pour la première fois la mer et son étendue miraculeuse.
Il faut parfois atteindre l'épuisement le plus complet pour pouvoir, enfin, goûter aux plaisirs de la contemplation.
Jamais il n'avait autant aimé pénétrer un endroit.
Les branches des arbres semblaient l'étreindre. La mer le bénir de sa force liquide. Le vent l'envahir d'orientations nouvelles. En peu de temps le pouvoir

des éléments modifia sa condition. Angelo n'était plus seul. Une nappe de sensations l'entoura si intensément qu'il crut apercevoir, au loin, un signe. Quelque chose ou quelqu'un semblait bouger devant lui. Un nuage de poussières blanches s'élevait au loin, tel un signal de fumée. Dans un premier temps il crut sa vue brouillée par l'éblouissement de la fatigue. Assis contre le tronc d'un arbre, il laissa son esprit reprendre lentement sa juste place. Le sang de ses jambes ne fourmillait plus. Son cœur reprit un rythme léger.

Devant lui, de l'autre côté de la vallée qu'il venait de gravir se dressait l'extrémité de sept colonnes. Sans elles, il n'aurait pas reconnu l'édifice qu'il avait entre-aperçu le jour de son arrivée alors que le bateau s'approchait du quai. Car de loin et de ce côté-ci de l'île, la villa semblait taillée à même la roche. La tour, si visible du port, se fondait dans l'écrin minéral des alentours. Du haut de la colline, la demeure lui apparut plus discrète comme si elle tournait le dos au monde entier. Nichée au cœur d'un paysage magistrale, elle semblait revendiquer son indifférence à l'ensemble de l'espèce humaine.

L'île était aride et pierreuse.
Le soleil vertical se collait à elle, arrachant des étincelles à la plaine.
La violence de sa lumière était telle que tous les tourbillons de poussières se transformaient en palais irréels.

Peu de temps après le lever du soleil, Angelo partit à la rencontre de la villa. Il lui fallut plus d'une heure pour trouver le chemin. Plusieurs fois il se perdit. Rien n'indiquait la route précise à prendre. Il finit par la trouver au détour d'un sentier escarpé. Elle semblait appartenir au monde du rêve enchanteur où aucune tempête ni déluge d'aucune sorte ne peut s'engouffrer.

Comme s'il craignait de déranger quelqu'un, il s'approcha de l'immense grille sur la pointe des pieds.
Au travers des barreaux, il admira son silence. Il fut stupéfait par son abandon. Son étonnement se teinta de soulagement lorsqu'il arracha les branchages qui gâchaient une partie de la vue. Les murs étaient sales mais aucune vitre n'était brisée. Elle lui apparut dans un état de délabrement élégant. Vieillie mais digne. Marquée par le temps sans avoir perdu l'essentiel de sa beauté.

Le cœur battant et sans se soucier des considérations de violation de propriété privée, il pénétra en terre étrangère. La porte de la grille céda sous une simple pression des doigts. Plus il s'approchait de la demeure, plus l'émotion grandissait. Pas à pas il partit à sa conquête. Deux grands bassins vides de poissons rouges bordaient l'allée envahie d'herbes folles ou mauvaises. A mi-chemin il hésita. Un bruissement dans les arbres le fit sursauter.
La villa changea plusieurs fois d'aspects. Elle fut tour à tour, moins belle, plus grande, moins abîmée, moins impressionnante, plus somptueuse encore.

Et c'est à la vue d'un petit banc en pierre, encastré dans le mur droit de l'imposante entrée extérieure que le trouble le submergea complément.
L'assise semblait attendre depuis longtemps que quelqu'un vienne jusqu'à elle. Angelo n'osa pas s'assoir. A peine effleura-t-il du bout des doigts les aspérités de la roche. On aurait pu confondre ce petit banc, envahi de ronces, avec la salle d'attente d'un plus grand tombeau.
Mais puisqu'il devait la vie aux planches de bois des cercueils, sans crainte il s'abandonna à l'appel de la pierre. Délicatement il se pencha vers elle. Il s'assit de côté, dos à la porte d'entrée, le regard tourné vers le chemin qu'il venait d'emprunter. Angelo marquait une pause. Tel un visiteur il ne s'imaginait pas pénétrer dans la maison sans y être invité. Il attendit un signe. Rien ne vînt.

A l'image des habitants de l'île, la maison ne le salua point. C'est ainsi, qu'ici, les choses existent, sans invitations ni rejets.

Une seule marche le séparait encore de la lourde porte en bois sculpté. Il n'y avait pas de serrures et encore moins de barres ou de verrous. Pour l'ouvrir il suffisait de détourner le regard et de pousser doucement avec les mains.

Au bout du jardin attendait la mer.

4

En échange de l'entretien de la demeure, il fut autorisé à y séjourner. Personne ne lui demanda les raisons pour lesquelles il avait décidé d'y vivre. Pouvoirs et sagesses de l'indifférence locale épousèrent, enfin, le mouvement de son destin.

Sur le chemin du retour un berger sans troupeau, du haut de son pâturage de pierres sèches, le regarda s'éloigner sans le saluer. Plusieurs fois Angelo se retourna espérant un signe, une main levée ou un mouvement de tête. Il n'en fut rien. L'homme resta figé, le regard vide tourné vers lui. Lorsque Angelo se retourna une dernière fois, le berger lui sembla n'être plus qu'un petit arbre maigre, sans branche ni feuille. Un tronc calciné de tristesse. L'écho de son âme dévorée par le feu brûlant de la solitude.

Trop longtemps, il avait vécu seul, le front collé au bois du vide et de l'attente. Les notions de présent et de passé n'avaient plus d'importance. Il en était aux premiers jours de sa vie et il avait dû tout perdre pour en prendre conscience.

Sa vie ordinaire était morte ensevelie sous le poids des déchets en tous genres. Il ne lui restait rien de sa vie d'avant. Absolument rien. Et pourtant il avait eu une famille, il avait été un fils, un frère. Il avait eu des amis, un métier, une vie sociale à laquelle il s'était soumis sans jamais chercher à comprendre la valeur ou le sens de tout ce qu'il faisait. Il avait rencontré des femmes, il avait même vécu avec certaines. Il pense même avoir connu la joie de partager une vie simple avec l'ordinaire de ses semblables. Et pourtant rien n'avait encore commencé...

A l'heure où la lune apparaît dans un ciel de jour, Angelo était installé. De son sac à dos, il sortit toutes ses affaires. Quatre chemises, deux pantalons, cinq t-shirts, une paire de chaussures, une trousse de toilettes, un carnet de feuilles blanches, deux couteaux, une gourde remplie d'eau, une fiole vide d'alcool, deux stylos, une montre sans bracelet et un téléphone portable qui ne fonctionnait plus depuis longtemps.

La villa possédait trois étages et vingt-deux pièces pratiquement toutes dans le même état pitoyable. Plusieurs fois il fit le tour de la maison. A chaque fois qu'il traversait une chambre ou un salon, il se posaient les mêmes questions.

Qui avait occupé les plus grandes ? Qui avait quitté à regret les plus belles ? Qui n'avait pas su aimer celles qui donnaient du côté sombre du jardin ? Qui était resté le plus longtemps ? Quelqu'un y avait-il été heureux ?

Au rez-de-chaussée, le couloir central cruciforme proposait quatre portes identiques, chacune faisant face aux quatre points cardinaux. Angelo choisit pour chambre la plus belle pièce attenant au salon. Orientée plein ouest elle saurait conserver la fraicheur nécessaire au sommeil qu'il espérait redevenir serein.

Curieusement, de toutes les pièces, elle était la moins sale et la plus meublée. Un grand lit en fer trônait en son milieu. Une couverture pliée en quatre, d'un beige indéfini, était posée à l'extrémité basse du matelas. Timidement Angelo tapota le tissu du lit et déplia, d'un coup sec, la couverture dont la douceur le surprit. Envisager cet endroit comme couchage lui plût aussitôt.

Une armoire en noyer encombrait le pan du mur le long duquel Angelo imaginait passer la nuit. Aussi lourde que laide il l'ouvrit sans ménagement. Elle était vide de vêtements. Pourtant les points oubliés d'une robe ou d'un corsage envahirent ses narines lorsqu'il referma les deux côtés de la porte.

Près de la fenêtre, une petite table en marbre faisait office de coin toilette. Une grande cuvette et un broc en céramique se cachaient sous les toiles d'araignées.
Sur le haut de la cheminée, un bénitier attendait le retour d'une eau sainte. A sa gauche, gisait un prie-Dieu sur lequel personne n'avait prié depuis le siècle dernier.

L'agencement des meubles et objets n'avait aucune cohérence comme si quelqu'un les avait placés là en attendant de les installer ailleurs. Tout dans cette chambre, et même l'odeur de la poussière et des vieilles choses exigeait, invoquait presque, un élan nouveau et profanateur. Un élan aussi désiré qu'attendu.

Angelo osa le premier. Il déplaça l'armoire. Le bois grinça sous l'appui de ses doigts. Elle était épaisse mais pas plus haute que lui. En deux poussées elle se retrouva tout à côté du lit. De longues toiles d'araignées s'étiraient, de part et d'autre, du nouvel espace vide.

Sur le mur était écrit :

Il était une fois,
Quand l'océan était vert,
Et que la brise des vallées était douce
Par-delà les brisants de la cascade en fleurs
Alors qu'il se promenait le long de sa peine

La poésie du mal de mer à la beauté vacillante
Se lit et s'écoute

Même si son cou est sale
Elle garde la tête haute
Et sous un maquillage violent
Son regard sultanesque

Du bleu et de l'écume
Jailliront les mots pour mieux les connaître
Ou d'une bouche papillon

D'une teinte vert-émeraude, le poème ressemblait à la ligne d'horizon surplombant la colline. De là où Angelo se tenait, il pouvait l'apercevoir. Il suffisait de tourner la tête vers la fenêtre ouverte. Un simple mouvement qui n'exigeait ni effort ni volonté. Il leva les yeux au-delà de la cime lointaine des arbres.

L'air scintilla comme un diamant. Et alors toutes les facettes du soleil et de la colline se mirent à trembler en même temps. Le ciel devint mauve. D'un mauve qui n'existe pas à cette heure de la journée. Était-ce un fait rare ou encore un mirage ? Cela ne dura que quelques secondes. Puis lentement le ciel retrouva son bleu d'origine.

Quand on touche avec les mots, on touche avec les mains d'un simple battement d'ailes. Cette découverte intrigua Angelo autant qu'elle le troubla. Même s'il ne savait pas par qui ces vers avaient été écrits ni pourquoi, un sentiment de réconfort l'envahit.
A la lecture de ces mots, il trouva enfin sa place.

Quelqu'un le saluait enfin.

5

Jusqu'au crépuscule la lumière demeura intense.
Epuisé par les longues et pénibles taches de sa journée, Angelo s'endormit, à même le sol, au moment même où le soleil se coucha. Il le vit décliner avec hâte.

Il avait déjà vu la mer mais pas encore celle dont il rêvait.
Lorsqu'il ferma les yeux, elle changea de couleur. Un bleu profond surgit d'un temps ancien enveloppant l'île d'un seul coup. Le ciel et la mer s'unirent dans le sombre. Une divine obscurité se répandit alors entre les murs éveillés de la villa.

Cela faisait cinq jours qu'il était sur l'île et il sentit pour la première fois que les choses devaient en être ainsi. Rien ni personne n'aurait pu empêcher son installation au sein de cette maison.
Il existe des lieux faits pour nous avant même que nous les connaissions. Ils semblent demeurer ou avoir été construits pour nous revoir. Comme si nous n'étions qu'un simple courant d'air à la recherche d'une porte entrouverte. Ou de celle qu'on vient à peine de fermer et vers laquelle inexorablement le vent nous ramène.

Cette nuit-là, et pour la prochaine fois depuis le désastre de la rivière en crue, Angelo ne fit aucun rêve.
Il dormit d'un sommeil profond bercé par le murmure de l'écume et les caresses de l'obscurité.

A l'aube il se réveilla la gorge sèche et l'estomac creux. Ses découvertes de la veille attendraient l'après-midi. Il lui manquait de quoi poursuivre.

Il descendit au village d'un pas serein. Il irait nager puis se sécher au soleil, sur un des rochers de la crique la plus proche du premier café. Il n'en but qu'un seul, sans hâte, attendant que le marc se dépose au fond de la tasse. Longtemps il regarda sa couleur. Un brun tirant vers un noir brillant comme un soir de pleine lune.

Ce matin-là quelques personnes du village le saluèrent enfin. Angelo devint subitement un des leurs sans qu'il sache réellement pourquoi. Sans doute parce que dorénavant, pour lui aussi, la vie n'avait plus besoin de questions.
En observant les allées et venues des uns et des autres, et leurs regards toujours tournés vers la mer, Angelo comprit que l'essentiel d'une journée se définissait par l'arrivée ou le départ d'un bateau.

Aujourd'hui aucun navire privé, ou de marchandises, n'était prévu. Personne n'arrivera. Personne ne partira. Un calme absolu règnera au port et dans l'esprit des villageois. Le changement viendra d'ailleurs. Du soleil. Du vent. D'un voile de nuages dans le ciel. Du survol des Mésanges ou de quelques Perdrix.

La contemplation n'est-il pas l'acte esthétique le plus créatif qui soit ?

Tout était semblable et si différent. Miracle de la nature fraîche. La mer transparente s'étalait devant lui lavée des lueurs de la veille. Ses poumons s'emplissaient à chaque inspiration de poésie marine. Il respirait la beauté du monde en équilibre entre la conscience et les mystères de la narcose.

Avec joie il rejoignit les pêcheurs. Leurs embarcations ressemblaient à des mollusques à la carcasse de bois et de fer. Les hommes retiraient de leurs filets des poissons à la peau lisse, des poissons pareils aux oiseaux des collines. Ils appartenaient au même monde. Depuis le temps des origines, ces créatures du ciel et de la mer, exemptées des lois de l'apesanteur, partageaient leurs pigments colorés.

Avec retenue Angelo contempla le sacrifice des bijoux marins. Les couteaux écartelaient les chairs pour les transformer en offrande ensanglantée.
L'île était pauvre. Pour vivre ici les habitants se contentaient de peu. Tomates, câpres, olives. Pains, fromages et vins. Tous produisaient ce dont ils avaient besoin. Tous les jours les poissons étaient arrachés à la mer pour nourrir ceux qui n'oubliaient jamais que c'est à elle qu'ils devaient la vie.

Le soleil était déjà haut dans le ciel lorsqu'il retrouva l'abandon de sa demeure.
Pour vivre ici il fallait également ne pas rechigner à la tâche. Avec entrain il entreprit de nettoyer le grand salon. Le plus bel espace de la demeure était obscurci

par des volets intérieurs. Des planches en bois avaient été clouées de part et d'autre des battants. Une pâle lumière blanche filtrait au travers des plus fendues laissant ses rayons éclairer l'essentiel de ce qui était donné à voir.

La splendeur des mosaïques se devinait malgré l'épaisseur de crasse, mélange de terre et d'excréments de brebis, qui les recouvrait. Toutes les couleurs du ciel et de la terre se cachaient sous elle. Bleu azur, turquoise, mousse des bois, vert de gris, tilleul, jaune d'or, abricot, corail, chèvrefeuille, raisin, châtaigne et citron. Le sol était constellé de pigments intemporels. Les taches argileuses tiraient immanquablement vers l'ocre brun, jaune et rouge gardant en leurs seins le pouvoir de leur origine. Le sol scintillait malgré les couches de saletés tel un roi coiffé d'une couronne à l'éclat suprême inaltérable.

La conception de la villa tenait dans un mélange gréco-romain propre à cette région. Du petit temple Grec perché sur la plus haute terrasse au parterre de mosaïques Romaines incrustées au sol du grand salon, tous les occupants avaient eu le souci de la rendre belle et vivante en respectant ceux qui l'avaient aimé avant eux.

Dans son silence et son abandon, la villa en restait digne. Peut-être même d'un certain point, reconnaissante. Car étrangement Angelo n'eut aucun

mal à nettoyer la partie du sol par laquelle il avait entamé son travail. Celle située au centre de la pièce.
C'est par le cœur qu'il avait voulu commencer.
A l'aide d'une large brosse, à poils durs, enduite de savon, sa main purifiait le sol par de simples mouvements circulaires. Au fur et à mesure du lessivage, quelque chose d'autre apparût. Les taches colorées se transformèrent en début de dessin.
La multitude des points et nuances lavés de leurs crasses laissait deviner une figure humaine à la carnation mate. Angelo entrevit une mèche de cheveux bruns s'étaler le long d'un cou doré. Tout doucement comme si ses doigts caressaient la peau d'un nouveau-né, il laissa la brosse glisser sur le sol.

De l'eau noire ruisselante et nauséabonde surgit le regard d'une femme.
Deux immenses iris bleu nuit étincelèrent à l'ombre des volets fermés.
Tel un soleil éclatant derrière un nuage sombre, lentement son visage de marbre apparut.

L'ensemble demeurait flou ou assoiffé, Angelo versa le reste de l'eau claire sur ce qui devait être ses épaules ou, peut-être même, son corps.

Avec la même précaution il nettoya la crasse. Assis de côté, il lui semblait déshabiller celle qui se trouvait sous le poids de son corps. A chaque fois qu'il tendait le bras, il se couchait davantage. Intrigué par ce qu'il ne voyait pas encore, ses mouvements s'enchaînaient

rapidement. Un détail en appelait un autre. Plus nettement il vit son cou, ses épaules, ses longs cheveux ondulés, puis ses jambes tendues et entrecroisées comme si elle s'apprêtait à plonger. Ou à remonter à la surface de la mer. Car couchée sur le sol, du grand salon de la villa, se trouvait une naïade.
Le mouvement de son corps rappelait celui d'une vague. Son visage, peint de trois-quarts, était empreint d'une expression étrange. Angelo scrutait la profondeur du regard, le rictus de la bouche, l'impérieuse arête du nez à la recherche d'indices qui lui auraient permis de se faire un avis.

Était-ce la représentation d'une déesse ? D'une reine ? D'une pêcheresse ? D'une femme mutante ? Ou d'une simple baigneuse ?

Ses bras volaient autour d'elle comme s'ils ne lui appartenaient pas. De longs bras menus à la ligne délicate. Au bout, ses mains ressemblaient à des papillons en attente de leurs premiers envols.
Aérienne, souterraine, découverte et pudique, sa grâce se confondait dans un même élan. Elle n'était pas nue. Ses seins et ses hanches étaient recouverts d'un voile de couleur pâle. Leurs timides rondeurs se devinaient toutefois. Au fur et à mesure du ruissellement de l'eau puante et grise, sur la fresque, d'autres détails apparurent.

Une multitude de poissons aux couleurs vives se cachaient tout autour d'elle et, même certains,

beaucoup plus petits, dans ses cheveux. Les plus visibles étaient d'un rouge intense et vif, d'autres en forme de ballon piquant semblables à une bourse d'épines. De splendides coquillages à l'aspect lumineux étaient disséminés au-dessus de sa tête. A eux seuls ils formaient une nouvelle galaxie.
En son centre la naïade brillait de mille feux. Antique ou impériale, elle était une femme. Et qu'importe si elle était d'un autre siècle que le sien.

Angelo contempla avec extase le spectacle de la beauté marine autour de la femme aquatique. Pour mieux en mesurer l'importance, il se leva. L'ensemble lui parut plus somptueux encore.
La pièce était immense, que restait-il encore caché ? Une autre femme ? Un homme ? Cette maison était-elle une métaphore ? Ou la représentation d'un symbole ?

Debout, les mains sur les hanches, Angelo caressait du regard le portrait de la naïade. Elle semblait si proche et si lointaine. Tout à la fois, froide, plate, lumineuse et aérienne. Figée dans le marbre, elle lui apparut d'une extrême solitude. Plus cruelle encore que celle qu'il avait connue. Son regard n'était pas triste, mais transpercé d'un renoncement absolu, d'un abandon injuste ou qui restait injustifié. Ses yeux interrogeaient le monde comme pour lui demander :

Pourquoi m'avoir laissée là, seule au milieu de cette pièce trop grande pour moi ? Pourquoi ne suis-je plus qu'une image que plus personne ne regarde ?

Au fil du temps, son âge s'était effacé. Depuis combien d'années était-elle restée cachée sous l'amas de poussières ? Existait-elle pour quelqu'un d'autre que lui ?

Ce n'était qu'un portrait et pourtant, à sa vue, il crut rencontrer une personne. Elle semblait attendre, depuis trop longtemps, qu'on la découvre, enfin. A la gauche de son cou, un creux s'ouvrait à tous les possibles.

Sans se soucier de l'eau sale répandue sur le sol, Angelo se déshabilla entièrement et s'allongea sur le sol. Son plongeon ne fit aucun bruit. L'aplat du marbre l'accueillit sans produire d'effets ni de troubles. Il sentit le froid du carrelage remonter le long de ses jambes mutilées par la crue gigantesque. La peau de ses cuisses et de ses mollets était laide.
Une multitude de petites plaques rigides recouvraient sa chair. Découpé, recollé, rosé ou bruni, son épiderme conservait le souvenir de chaque lacération. Elles étaient si nombreuses que l'apparence de ses jambes n'avait plus rien d'humaine. On aurait pu les croire recouvertes d'écailles. Au contact de certains tissus ou matières agressives, certaines parties étaient encore très sensibles. Le sol était devenu satin. Accrochée aux couleurs des carreaux sa peau s'en trouva apaisée.
Angelo ne souffrait plus de l'écho des chocs meurtriers. La magie du monde aquatique répandait grâce et vertu le long de son corps fatigué. A l'image des bienfaits des

thermes romains, l'eau imaginaire enivra son tissu nerveux.
Angelo revivait sa dérive.
Au cœur des coraux invisibles il s'abandonna à la rêverie. Nu sur le sol crasseux de la villa comme il l'avait été dans l'eau boueuse de la vallée, Angelo se sentit soudain d'une étrange légèreté.

Blotti contre le corps de la naïade, au bord de la mer de sa silhouette, du mont sableux de ses hanches, de la vague tendre de ses seins, du coquillage en haut de ses jambes, des algues brunes mêlées à ses cheveux, il laissa l'hésitation de son corps et les doutes de son esprit s'évanouir doucement. Son corps n'était plus simplement étendu par terre, chaque muscle tendait vers autre chose.

Le plat du sol ondula sous son poids. Il crut à un léger tremblement de terre ou à un mouvement sismique semblable. Le corps de la naïade était devenu un rocher auquel il s'agrippait comme il s'était accroché aux planches de bois le jour de la rivière en crue.

C'est alors qu'il eut besoin d'air ou d'eau ou des deux à la fois. Il tendit la bouche vers le visage de glace et y déposa un baiser. Un souffle de jasmin lui caressa le front, les yeux, les joues puis les lèvres qu'ils avaient gardées entrouvertes. Une goutte de parfum se déposa sur sa langue. Un élixir subtil d'essences de fleurs aux pouvoirs interdits. Les nœuds de toutes ses croyances se délièrent enfin.

Prendre soin de cette maison abandonnée était ce à quoi il était destiné. Il était venu chercher un décor, des objets, une lumière où il pourrait, enfin, ajouter un sentiment qu'il n'avait encore jamais éprouvé. L'harmonie.

Son cœur se mit à battre au rythme du bercement de la houle cristalline. Toutes les parties de son corps furent traversées par le flux des courants marins. Une onde vertigineuse l'éleva bien au-delà du simple plaisir.
Il flottait au-dessus de la maison. Il flotta même par-delà les collines, loin des contours de l'île.

Boscanoa lui apparut plus transparente encore. Son esprit l'envahit de son sortilège et de sa lumière inattendue. Fleurie, épineuse et sèche. Violente dans son dessin, ses couleurs, ses éruptions et si généreuse aux souvenirs de sa création.

Dans ses yeux sombres et tristes, semblables aux gouffres de la terre, le regard aquatique de la naïade en marbre s'y refléta un instant pour s'évanouir aussitôt sous le murmure d'un poème.

Au loin il crut entendre le chant d'un oiseau. Un chant doux et vif entrecoupé de brefs silences. Un chant loin de ceux qu'il entendait habituellement. Si étrange, si proche. Inconnu et familier. Il y répondit en sifflant.

Les femelles choisissent toujours les mâles en fonction de leurs chants.

6

La mosaïque usa de sa force magique pour le garder près d'elle. Une pointe douloureuse transperça son côté gauche l'obligeant à rester assis un moment encore. Une pensée envahit, alors, son esprit. Il imagina être installé au bord d'un petit ruisseau. Ce visage avait-il été dessiné à même le sol afin que celui qui le découvrirait puisse, un instant, apercevoir son propre reflet ? Ou celui de son âme ?

Il connaissait ce qu'il voyait. Cela parlait de lui aussi.
« Je suis ce que je vois » [1] avait dit un peintre.

Epuisé et sale, il se redressa avec peine et poursuivit, malgré tout, sa lourde tâche. Tout le reste de la journée, il lessiva tout ce qui devait l'être. Sans chercher à faire de pause ou à remettre ce travail à plus tard, Angelo s'épuisa au travail.
Les yeux brillants de fatigue et les bras engourdis, il finit par ne plus voir ce qu'il nettoyait.
Pourquoi tant de frénésie en une journée ? Ne croyait-il plus à la possibilité d'un demain ?

La lumière lutta en vain contre la chute effrénée des couleurs. Tirée par les nuances de la nuit, la lune s'imposa dans le ciel.
D'un geste lourd, Angelo regagna son lit et tira la couverture vers lui. Il s'endormit d'un coup la bouche

entre ouverte comme s'il n'avait pas eu le temps d'achever une phrase.

Au sein de la villa, dans le bleu obscur de la nuit, l'écho d'une autre voix se fit entendre. Elle offrait un récit.

Vingt-huit lignes d'un poème s'étiraient le long des quatre murs de la grande pièce. Aucune n'était droite. Toutes dansaient, virevoltaient avec grâce. Certaines lettres éclataient de puissance, d'autres de vulnérabilité exquise. Ensemble elles formaient, tour à tour, un serpent, un dragon et même une libellule suspendue en plein vol.

Au cœur de la nuit, le poème éclairait l'intérieur de la maison Sicilienne aussi magiquement qu'une aurore boréale dans le ciel glacé de Laponie.
Un arc de mots, bercés par le temps, surgit des ténèbres.
Tels des éclats ensevelis après une éruption volcanique, ils se répandaient sur les quatre murs, drapés d'une lueur aussi diffuse que vive, laissant leurs courbes creuser la pierre à l'image d'un sillon.
Voici ce que l'ensemble disait :

Il était une fois
Quand l'océan était vert
Et que la brise des vallées était douce

Par-delà les brisants de la cascade en fleurs
Alors qu'il se promenait le long de sa peine

La poésie du mal de mer à la beauté vacillante
Se lit et s'écoute

Même si son cou est sale
Elle garde la tête haute
Et sous un maquillage violent
Son regard sultanesque

Du bleu et de l'écume
Jailliront les mots pour mieux les connaître
Ou d'une bouche papillon

Il était une fois
Quand le ciel était blanc
Et que la brise du matin était ivre

Par-delà le voile des nuages clairs
Alors qu'il voyageait loin de sa peur

Les secrets mélancoliques ou solitaires
Tournoient et s'oublient

Sous le regard fané d'une femme d'hier
L'âme errante d'un marin en mer

A l'ombre de leurs cœurs vaincus
Les amants à jamais perdus

> Dans le bleu du jour
> Et l'obscur de la nuit
> Se cherchent encore à mains nues

Au moment où les pointes du jour balayèrent les derniers souvenirs de la nuit, le poème disparut.

Angelo tressaillit dans son sommeil. Sa salive desséchée, entre ses dents, semblait avoir été brûlée par le souffle salé de la mer. Il ouvrit les yeux pour les refermer aussitôt. Il crut rêver.

7

Criques, plages de sables noirs, crevasses sous-marines, conservaient encore leurs secrets. Tôt dans la matinée, Angelo partit à la découverte de l'île par la côte.
En contrebas du chemin qui menait à la mer, il découvrit une plage sans débris. Pas un papier, ni souvenirs oubliés par un visiteur comme si la crique n'était fréquentée par personne. Au bout du sable, le calme à perte de vue.

Cachée derrière un gros rocher, une petite barque, qui portait le nom de la villa gravé sur le côté gauche de sa coque, semblait l'attendre. Son état contrastait avec celui de la demeure. L'embarcation semblait quasi neuve comme si elle n'avait jamais servi. Ou si peu. La peinture blanche était impeccable. Deux rames étaient posées, de chaque côté, prêtes à être saisies par le promeneur le plus téméraire de la journée.

La mer était muette et le ciel limpide. Angelo s'approcha du rivage. L'écume encercla ses chevilles de sa blanche salive. Ici, espérait-il, le ressac n'enfermerait aucun cadavre. Il ne saurait rejeter qu'algues ou coquillages.
Après l'avoir poussée dans l'eau, Angelo s'élança à l'intérieur de la chaloupe. Sous le poids de l'embarcation, le sable se souleva un peu, une multitude de petits poissons s'ébrouèrent dans la mer.

Quitter la terre ferme pour le doux roulis du bois glissant sur la méditerranée modifia le flux de sa respiration.
Assis le dos droit face à l'horizon, il avançait telle une arche caressant les cordes d'un violon. Les coups de rames frappaient l'eau comme des doigts le long d'un clavier de piano. Son corps chantait.

Au large, des murmures volatiles glissaient, sur la mer, semblables à des sillons sans écume.

Angelo s'éloignait si vite que bientôt l'architecture de la villa disparut. Il ne voyait plus que l'alignement des arbres et des plus gros rochers. Au loin la mer était immense et calme. Aucun autre bateau ne venait à sa rencontre. Angelo était seul au cœur d'un paysage noble et majestueux, béni des Dieux de l'Olympe où aucune intempérie ne fut jamais recensée.

L'étendue bleue cristalline scintillait sous le soleil du matin. La réverbération était intense. Garder les yeux ouverts devint difficile, voire douloureux par moment. Il dut les fermer un court instant. Presser ses paupières l'une contre l'autre apaisa le malaise. Lorsqu'il les ouvrit de nouveau une forme humaine, longue et plate, se tenait devant lui.

Longtemps il resta à la regarder. Allongée sur l'eau elle ne bougeait pas. Ce corps, étalé sur la surface de la mer, ressemblait à une planche, un bout de bois largué au large, que le hasard ramenait lentement vers lui.

Il crût un instant, qu'il s'agissait d'un cadavre, avant de se souvenir, qu'il n'y avait qu'un être vivant capable de demeurer aussi longtemps le visage tourné vers la lumière. Un mort aurait depuis longtemps laissé le courant le retourner face contre mer.
Ce corps était celui d'une femme. Malgré la distance qui le séparait d'elle, il savait que derrière ses yeux clos se trouvait une autre vie.

De temps en temps le doux balancement de l'eau laissait apparaitre ses seins pour les recouvrir aussitôt comme s'il lui était interdit de les contempler plus longtemps. Elle portait un maillot de bain vert. Une longue pièce de tissu en lycra qui maintenait ses épaules dans un alignement parfait. Il ne voyait pas ses bras. Tendues, comme la corde d'un arc, ses jambes longues et minces étaient serrées l'une contre l'autre. Le pied droit recouvrait légèrement le gauche dans une position qui rappelait celle que pouvait tenir une danseuse.

Angelo attendait avec impatience le moment où la force solide de son corps disparaitrait sous celle de l'eau de mer. Mais rien en elle ne bougeait. Pas même son torse sous la pulsion d'une respiration régulière. Tourné vers lui, son profil gauche restait flou. Le mystère de son expression le maintenait à distance.
A quoi pensait-elle en cet instant ? Comment pouvait-elle ainsi rester immobile ? Depuis combien de temps était-elle là ? L'avait-elle vu ?

Il ne l'avait pas remarqué en quittant le rivage. Tous deux se trouvaient loin de la côte. Au cours de sa navigation, Angelo n'avait aperçu aucun autre bateau.
De quelle plage s'était-elle lancée à la conquête du large ? Était-elle restée un moment sous l'eau avant de remonter d'un coup à la surface ? Il lui semblait avoir découvert une statue antique recouverte d'une croute composée de sédiments et de sel devenus insolubles avec le temps.

D'aussi loin qu'il s'en souvienne, jamais il n'avait vu de corps ainsi posé sur la mer. Calme et plat comme si une part de vie lui manquait. Comme s'il possédait un creux, un vide gonflé d'air, une cavité secrète qui le rendait plus léger qu'un autre, délesté du poids d'un muscle ou d'un organe devenu encombrant. Un organe atrophié, malade, ou absent depuis sa naissance et qui ne lui avait jamais manqué. Un organe vital pour n'importe qui d'autre sauf pour elle.
Et il se trouvait là, incapable de détacher son regard de ce corps inconnu dont il n'avait pas envie de s'approcher. Quelque chose l'intimidait, sans qu'il puisse réellement en mesurer l'importance.

Ce corps étalé ressemblait à une offrande oubliée par un Dieu ancien. Quelque chose ou quelqu'un l'avait poussé en dehors d'un territoire auquel il ne pouvait plus appartenir. Oubliée de tous, cette femme inconnue dérivait. Sa fonction ne résidait plus qu'en sa capacité à demeurer allongée sur l'eau le plus longtemps possible.

Malgré l'étrangeté de sa présence, la nageuse ne semblait pas avoir besoin d'aide. D'un seul coup de rame Angelo pouvait s'en aller comme si de rien n'était. La mer transparente saurait la garder à l'abri du regard des autres. Elle pourrait lentement se laisser engloutir par la douceur de la houle. Ce moment disparaîtrait de l'esprit d'Angelo au moment même où il retrouverait la terre ferme. Il ne resterait plus rien du souvenir de ce corps étendu devant lui. Et pourtant quelque chose le poussa vers elle.
Affleura à sa mémoire, le souvenir de sa propre dérive dans l'eau boueuse de la vallée. L'écho du corps vulnérable, posé au milieu de nulle part, éclaira son esprit.
Rescapées d'une rivière en crue ou de la mer Méditerranée, leurs âmes étaient faites pour se rencontrer.

Sans aucun bruit, sa barque glissa sur l'eau. Comme un radeau porté par le courant, sans moteur pour décider du sort à donner à sa direction. Ils n'étaient plus qu'à dix mètres l'un de l'autre. Il lui suffisait de redresser légèrement la tête pour l'apercevoir. Rien de plus.
Il était bientôt midi. Le soleil était haut. Il l'aveugla au moment où elle ouvrit les yeux.

D'un seul battement de jambes elle se redressa. Il entrevit une ombre se courber légèrement à la recherche d'une autre position. Il ne lui fallût que quelques secondes pour la trouver. De nouveau elle ne bougeait plus. Son corps disparût sous la mer pour ne laisser, à la surface, que son visage impossible à détailler tant la lumière était vive. Qu'importe l'attitude à tenir, elle semblait pouvoir s'adapter, à n'importe d'entre elles, sans avoir besoin d'y penser.

Alors Angelo lui demanda si elle avait besoin de lui. Pas si elle avait besoin d'aide. Si elle avait besoin de lui.
De celui qui se trouvait dans une barque à dix mètres d'elle et qui pouvait la recueillir avant qu'elle ne regagne le rivage. Comme s'il était devenu une sorte d'auto-stoppeur de la mer. Il aurait aimé lui dire :
« Ou allez-vous ainsi ? En Sicile ? Plus au nord, sur le continent ? Venez, montez, cela n'est pas vraiment mon chemin, mais je vous y emmène. »

Il ne reçut aucune réponse. Un léger voile couvrit un instant les reflets du soleil. Un semblant de réalité lui apparut enfin. Une figure humaine se détacha de l'horizon. D'un ordinaire qui l'empêchait de se faire un avis. Il ne vit pas grand-chose d'elle à ce moment-là. Flottant sur l'eau, ce visage ressemblait à une simple coquille de noix vide.
Caché par le contre-jour il ne fut bientôt qu'un point sombre posé sur la surface transparente de la mer.
Angelo ne savait pas si elle refusait de lui répondre ou si elle n'avait pas compris sa proposition.
Devant son silence, il lui dit :

« Avez-vous besoin de moi ? Car finalement je suis là pour vous. Je suis peut-être le seul en mer, mais vous êtes la seule à m'attendre... »

Un sourire se dessina, alors, sur sa figure. Un franc et beau sourire qui s'étendit jusqu'au large. D'un mouvement, aussi vif que doux, elle se coucha sur l'eau en dressant son menton vers le ciel. En nage indienne et en brasse coulée, lentement, sans provoquer de troubles sur l'eau, il la vit venir vers lui.

Jamais il n'avait vu quelqu'un nager comme elle. La mer épousait chacun de ses mouvements comme si elle n'avait été créée que pour les recueillir. Il ne voyait plus son corps, ni sa peau et encore moins le dessin de ses muscles.
Il n'était plus question d'être vivant constitué de chair et d'os. Devant lui glissait un élan d'émotions.
Un flot de gestes qui, sous leurs impulsions, pulvérisa son attente en mille morceaux. Car pour la première fois il vit ses mains.

Elles étaient vocalises et pinceaux. A chaque fois qu'elles battaient l'eau de mer, il lui semblait reconnaître l'étrange mélodie entendue durant la nuit. Le murmure de leurs nages s'éleva dans le ciel pour venir jusqu'à lui.
Angelo sentit le vent effleurer son visage. D'un seul coup il lui sembla respirer par sa bouche et regarder par ses yeux.

La lumière aveugle.
L'obscurité n'est pas noire.
Et les rêves ne sont plus des songes.

Porté par les ondes marines, l'inattendu nageait vers lui. L'écho de sa prière s'était teinté de bleu. Car il la reconnut. La naïade de marbre. Celle qu'il pensait ne jamais rencontrer convaincu qu'elle n'existait pas, qu'il s'était trompé d'époque, de siècle, de décennie ou tout simplement d'endroit. Oui c'était bien elle, et son visage n'était plus de glace.

Cinq nouvelles lignes achevaient le poème.

C'est lui, le premier, qui lui tendit la main.
De l'eau sombre, ils étaient nés tous deux.
Un vent léger leur permit de regagner,
Sans peine, la côte.
Au sein de la villa, c'était déjà l'été.

Ici la mer avait su retenir une étoile. Elle s'appelait Alva et savoir cela suffit. D'esprit, elle était devenue femme. Dès le premier jour, l'obscur de la nuit scella le corps et l'âme des deux amants. Il en va ainsi de certaines rencontres. Encore aujourd'hui, si vous avez la chance de vous rendre sur l'île de Boscanoa, vous pourrez les apercevoir nager le long du rivage.

---

(1) Alexandre Hollan, artiste peintre

Les amants
rhum ambré

Nouvelle

« Ailleurs est un mot plus beau que demain »

Paul Morand

1

Un matin, l'idée lui est venue, brusque et définitive, qu'il était ici pour rencontrer une femme, comme aucune autre ne l'avait encore été pour lui. Il ne savait encore rien d'elle. Il ne la connaissait pas. Même sa silhouette lui restait étrangère mais il sentait, au plus profond de lui, que quelque chose allait arriver.

C'est parfois dans l'extraordinaire que se manifestent les points d'intersections entre deux êtres. Entre deux mondes à l'opposé l'un de l'autre. La veille, un phénomène météorologique aussi rare qu'exceptionnel avait noyé la côte rocheuse, battue par la houle et le vent, située à l'est de l'île de Curaçao.

La présence de l'inconnue s'annonçait déjà.

La mer s'était retirée d'un coup. Si loin, que certains oiseaux nocturnes avaient cru, un instant, ne jamais la revoir. De ce côté-ci des Caraïbes, ce mouvement n'existait pas. Il n'y avait jamais de marées. De cyclones non plus, car l'île était trop au sud pour en subir les ravages. Et pourtant l'eau avait bien disparu durant la nuit pour revenir se répandre le long de la côte aux premières lueurs de l'aube. L'étendue plate n'avait fait aucun bruit. Ce n'est que lorsqu'elle rencontra des obstacles sur son parcours, que sa force s'exprima autrement. La mer piétina les bateaux les plus fragiles pour se glisser à l'intérieur des embarcations les plus solides emportant avec elle le souvenir des plus anciens voyages.

Il ne s'agissait pas d'un raz de marée, et encore moins d'un tsunami. Il était juste question d'une marée plate et silencieuse semblable à un verre d'eau versée lentement le long d'un sol poreux.

Car il ne resta rien de sa nature liquide. L'eau disparut aussi vite qu'elle était arrivée laissant, après elle, un amas de détritus dérisoires. Aucune victime ne fut à déplorer. Les mouvements de l'eau avaient redessiné les contours de son âme insulaire. Le paysage n'avait pas changé et pourtant, un surplus de couleurs éclaira l'atmosphère.

Jean se réveilla en sursaut et dans l'agitation nerveuse du matin qui succède toujours à une nuit sans sommeil, il sut que quelqu'un l'attendait.

Les marées, disait-on, sont la respiration de Dieu.
La succession de ses soupirs nocturnes avait-elle provoqué le plus remarquable des mouvements qui soient ?

2

Longtemps, Jean vécut à Paris. Il n'y était pas né mais y avait fait carrière. Empreint d'absolu, il se hissa avec fougue et témérité jusqu'au sommet de son art. Il écrivait et avait publié de nombreux ouvrages, des romans, des essais dont certains avaient reçus des prix prestigieux.

Un jour, sans qu'il comprenne pourquoi, il ne fut plus capable d'écrire une seule ligne. Plus rien n'était venu. Non qu'il ne sût plus quoi écrire. Il n'eut plus envie du tout. Cette vie consacrée aux mots lui était, soudain, devenue vaine et insupportable. Son travail l'avait conduit aux quatre coins du monde où il avait été témoin de tant d'évènements dramatiques, d'injustices, de violences aussi inédites que répétitives, qu'une pause s'imposait. Depuis quelques mois, son cœur s'emballait pour un rien. Les voyages se succédaient à une vitesse prodigieuse. Si frénétiquement qu'il lui semblait ne plus être mesure de maîtriser quoi que ce soit.

Il commençait à manquer de discernement, changeait souvent d'avis, renonçait à des rendez-vous à la dernière minute, ne répondait plus aux messages ni aux mails, posait des lapins où, parfois même, se sauvait d'un diner sans saluer les convives. Bref quelque chose ne tournait plus rond. La vie sociale dans laquelle il

évoluait depuis toujours avec aisance et appétit commençait à lui faire peser.
Jean ne souhaitait pas renoncer à sa vie mais rêvait d'ouvrir une sorte de parenthèse. Ce besoin irrépressible s'empara de lui pour ne plus le quitter jusqu'à ce qu'il se souvienne d'une phrase de Paul Morand :

Ailleurs est un mot plus beau que demain.

Un soir de décembre, sous une pluie battante, il débarqua sur l'île de Curaçao. Il n'y connaissait qu'un endroit : un hôtel à la réputation remarquable.
Situé en bord de mer, l'établissement s'articulait en une vingtaine de bungalows de couleurs vives, éparpillés aux quatre coins d'un jardin garni de cactus et d'arbustes épineux.
Bâti de plein pied, le bâtiment principal ne possédait pas d'étage mais une immense terrasse noyée par les reflets turquoise de la mer immobile.

Curaçao était, peut-être, le seul endroit où il avait l'impression que, quelque chose qui en vaut la peine, pouvait lui arriver. Un esprit d'aventure y demeurait intact. L'extrême luminosité due à la transparence de la mer et à la clarté du fond sablonneux était unique au monde. L'exubérance des fleurs tropicales raviva le souvenir des sensations perdues. Dans son sillage, le désir d'entraîner avec lui un être nouveau, se répandait avec grâce.

Au cours des premiers jours, les désagréments dus à la fréquentation des touristes ne nuisirent en rien à sa tranquillité d'esprit. Dans son indifférence, il sortait peu et se contentait d'emprunter toujours les mêmes chemins, supportant stoïquement les bousculades.
Il préférait la plage et ses matelas confortables où il pouvait s'assoupir à l'abri de la morsure du soleil.
Ou bien nager le long du rivage et laisser l'eau salée assagir les derniers soubresauts de ses doutes.

Son séjour sur l'île de Curaçao était une sorte de trêve, et il jugeait inutile toute tentative de lui donner une autre signification. Pourtant, dès qu'il fermait les yeux, il avait hâte que la journée s'achève.

Jean occupait le bungalow numéro deux, situé à gauche de la réception, tout près du bar spécialisé dans la dégustation de rhums aussi courants que légendaires. Les crus des différentes plantations caraïbéennes étaient si nombreux que Jean ne savait plus s'il devait, absolument déterminé lequel était son préféré.

Il était devenu Curacien avec une rapidité foudroyante. A dire vrai, dès le premier verre servi, au bar de l'hôtel, la nuit de son arrivée. Le barman avait bien tenté de lui proposer un cocktail bleu turquoise à l'image de la célèbre liqueur à laquelle l'île devait son appellation.
Il n'en fut rien.
Jean n'avait aucune attirance pour les colorants alimentaires. Il préférait, de loin, l'envoutante mélasse au turquoise trompeur.

Du haut de son expérience, Jean était déjà un sage.
Il ne buvait qu'un seul verre par jour. Un seul verre de rhum sec qu'il sirotait lentement vers dix-huit heures trente, lorsque la nuit tombait brutalement.

Ce soir-là, confortablement installé dans un fauteuil situé dos à la mer, il choisit un rhum vieux, quinze ans d'âge, originaire du Panama.

3

L'ambré de son parfum était si délicat que Jean repoussait indéfiniment l'instant de la dernière gorgée. Il s'amusait à contempler le liquide accroché au fond du verre. Avec agilité, il levait la main pour le laisser s'écouler puis, le retenait pour lui permettre de se redéposer au même endroit. A sa manière, le rhum allait et venait, telle une marée. Au moment où il ne put retenir plus longtemps son envie, de l'autre côté de la surface transparente, une silhouette apparut.

Une femme venait d'entrer.

Toutes les couleurs s'enfuirent d'un seul coup. Sa présence dégageait tellement de vapeur, qu'elle dilua, évapora, tous les pigments pour ne retenir autour d'elle, qu'un halo blanchâtre à la luminosité éclatante. L'inconnue se colla au comptoir comme si elle connaissait déjà le bois contre lequel son corps se tenait.
Elle commanda un rhum vieux, douze ans d'âge, originaire de Grenade. Elle spécifia « sans glace » sans permettre au barman de s'excuser de l'avoir suggéré.

Le timbre de sa voix fut comme un filet de pêche. Chaque mot le tira, inexorablement, vers elle. Jean fut happé. Et nulle envie de se laisser glisser en dehors des mailles tissées par le désir et le désordre qui l'enserraient déjà.

Cette femme n'était pas son style et pourtant, oui pourtant, il ne pouvait détacher son regard de sa carnation mate. Tout se décolorait autour d'elle. Tout se polissait. La présence des autres clients du bar de l'hôtel s'était diluée en de petites taches brunâtres. L'inconnue avait avalé leurs masses corporelles dès qu'elle était entrée.

Le soleil scandaleusement chaud de ses cheveux et la profondeur suprême de ses yeux caramel permirent à Jean de commander un second verre. Il leva la main en direction du serveur.

Devant l'inévitable, les sages décisions volent toujours en éclats.

La voyageuse gardait son sac à main posé sur ses genoux comme s'il contenait un trésor ou un rêve.

A sa vue, Jean se souvint du temps où il pensait que la tubéreuse était noire. Généreuse et blanche, la fleur, au nom inquiétant, souffrait d'un préjugé qui empêchaient les moins curieux d'apprécier son mystère.

La brune inconnue était si colorée. Elle portait une robe courte qui se terminait par des petits volants. Jaune, rose, verte, orangée, bleue claire, on se savait quelle teinte l'emportait. Les larges pans de couleurs se croisaient en un dessin gracieux qui, grâce à lui seul, illuminait la peau de ses bras et celle de ses jambes. D'un geste désinvolte, elle tirait sur le bas de sa robe comme si elle avait perdu l'habitude d'en porter de si courtes. Ses jambes semblaient interminables. A leurs extrémités, des pieds encore plus bronzés que le reste du corps. Tel un bijou le vernis rouge peint sur ses orteils finissait de parfaire sa tenue chamarrée au naturel envoutant.

De là où il se trouvait, Jean ne voyait pas son bras droit ni ce qu'elle faisait lorsque de temps en temps, elle fouillait dans son sac. Elle se tenait droite. Ses deux épaules tendaient vers le creux de ses reins comme si elles lui envoyaient un message. Parfois, Jean entrevoyait la forme d'un de ses seins. Ferme et épanoui, il paraissait animé d'une vie propre, animale, étrangère à sa propriétaire. Libre sous le tissu de la robe, il ondoyait en suivant chacun de ses mouvements. Car elle ne cessait de se mouvoir, tel un arbre agité par le vent.

Perpétuellement en mouvement, perpétuellement en lumière, elle se cambrait, se redressait, caressait ses cheveux, portait sa main gauche à son cou puis à sa joue, inclinait la tête sur le côté. Elle semblait réfléchir ou se souvenir de quelque chose qui l'agitait quelque peu. Son profil était aussi doux que grave. Le coin de ses lèvres restait une énigme. L'inconnue gardait son visage à l'abri des regards insistants et pourtant...

Cinq mètres les séparaient, l'un de l'autre, mais jamais, Jean ne s'était senti si proche de quelqu'un.
Elle était une terre, une île, une vie à elle toute seule. Une vie privée intouchable. Une femme intouchable comme si personne n'avait jamais su la séduire.

Un nouveau monde inexploré aux couleurs trop vives pour ne pas y céder.

La beauté n'est pas une friandise, elle ne se consume pas à mesure qu'on la regarde. Elle est sans fin. Certains paysages méritent d'être admirés plus que d'autres. Ou plus longtemps. Certaines femmes aussi. Il est important de ne pas confondre beau et nouveau et de savoir apprécier ce qu'il est important de ne pas perdre de vue.

Lorsque le serveur servit le second verre à la table de Jean, elle en commanda également, un autre, de la même alchimie.

Est-ce un message, pensa t'il. *M'a-t-elle vu* ?

De longues minutes s'écoulèrent sans que, ni l'un ni l'autre, ne tente quelque chose de plus. Ils se contentaient de porter à leurs bouches l'appréhension d'un même aveu.

Dehors, au loin, lentement la mer qui s'était faite marine, se retirait une nouvelle fois. Embué de magie, le flux salé de l'air nocturne figea les esprits. Un murmure étrange parcourut l'assemblée. C'est alors que la voyageuse se retourna vers Jean.

Il sentit son cœur s'envoler. Pour la première fois, il vit réellement son visage. Il ne s'agissait plus de beauté mais d'attrait. Tout ce qui composait sa figure racontait son histoire. Dans ses yeux se reflétait le souvenir des derniers amours, des anciens voyages, des conflits qu'il avait racontés, des douleurs dont il avait été témoin, de l'absurdité du monde à laquelle il ne pouvait échapper. Même l'ourlet de sa bouche évoquait son passé. Elle se mordillait les lèvres comme si elle voulait lui confier quelque chose. Exclusivement à lui.

Ils échangèrent un regard au-delà de l'intense. Car, en cet instant quelque chose d'autre se produisit. Dans leur silence, ils se reconnurent enfin. Un jour, elle et lui s'étaient rêvés. Ou plutôt une nuit.

Au moment où Jean voulut la rejoindre, l'inconnue quitta le comptoir et d'un pas étrange disparut aussi rapidement qu'elle était arrivée.

Dehors, au loin, la mer se retira complétement à son tour.

4

Au matin, l'étendue bleue avait fait place à un désert pâle qui s'étalait à perte de vue. La lumière n'était plus blanche mais d'un jaune étourdissant. Même l'odeur salée n'était plus la même, elle était chargée de résidus sablonneux qui donnait mal au cœur.
L'absence de la mer avait modifié le silence. Il était devenu opaque. Et lourd. Si lourd que, dès que Jean sortit de son bungalow, sa chemise blanche s'imprégna, immédiatement, d'une humidité étouffante.

Dans un premier temps, il crut rêver. Il avait si mal dormi. Puis lentement il comprit. Il ne pouvait qu'épouser l'idée d'un retour. Celui de l'inconnue et de l'étendue marine. Il ne savait pas lequel il souhaitait accueillir en premier. Il avança loin sur le sable à la recherche d'une couleur vive. En vain. Longtemps, il erra le long du désert sale avant de se décider à rejoindre l'hôtel.

Un silence encore plus accablant l'attendait. Il n'y avait plus personne à part le réceptionniste qui transpirait à grosses gouttes. Tous les clients avaient fui vers l'aéroport. Un vent de panique avait gagné l'ensemble des touristes, peu après l'aurore.

L'inconnue était-elle repartie en voyage ? Avait-elle choisi de se retirer en même temps que la mer ?

Cette disparition figea, en lui, toutes intentions de départ ou de fuite. Tel un reptile privé de lumière, il se métamorphosa en pierre minérale aux pourtours inutiles et froids. Incapable de bouger, il resta, plusieurs minutes, vautré sur un des transats de la terrasse de l'hôtel jusqu'à ce qu'il se souvienne de la raison de sa venue sur l'île.

Comment ne pas écrire sur ce qu'il voyait ? Sur ce dont il était témoin. Un témoin unique puisque dans leurs fonctionnements ordinaires, les vacanciers avaient préféré prendre la tangente. Jean n'avait jamais écrit sur l'absence. Car il s'agissait bien d'absence à présent. Même l'humidité du sable s'était évaporée au cours de la matinée. Un désert de sable sec entourait l'île qui n'avait plus rien de turquoise. L'aquarium s'était vidé de son eau cristalline. Tout ce qui constituait la vie marine n'était plus. Aucun poisson, aucun mollusque mort ne figurait parmi les squelettes de fer et de plastique éparpillés devant lui. Même le souvenir de la flore avait disparu.

L'absence de bleu était cruelle à observer. Avec lui, toutes les autres couleurs avaient fui, elles aussi.
Un blanc sale dominait l'atmosphère. Le turquoise était bien trompeur. Ou la mer s'était-elle échappée ? Sur quelle autre île ? Sur quel autre continent ?

Jean alluma tous les écrans à sa disposition. Aucun autre mouvement marin à l'amplitude anormale n'avait été constaté dans la région ni à l'autre bout de la planète. La mer s'était évaporée emportant avec elle, les merveilleuses nuances de ses vagues comme l'avait fait la voyageuse chamarrée de la veille.

Jean déambula longtemps le long de la côte sablonneuse. La chaleur était accablante. Une odeur âcre commençait à se dégager du sol encombré.

Au loin surgit le souvenir de l'inconnue silencieuse. L'ambré de sa peau et les doux mouvements de son visage s'étaient transformés en un trésor qu'il crut revoir au détour de la coque alanguie d'un bateau abandonné par les flots.

Grâce aux mots il pourrait ne rien oublier de son trouble.
D'un pas léger, il regagna la plage de l'hôtel.
Dans sa valise, attendait les pages blanches de son carnet.

5

A la tombée du jour, l'écrasante lourdeur du temps s'allégea un peu. Jean n'avait rien mangé de la journée et la question de l'eau n'était plus majeure.
Même s'il ne trouverait personne pour lui servir un verre au bar, une bouteille de rhum l'attendait forcément.

Assise sur un fauteuil, les bras autour de ses jambes repliées, le menton posé sur les genoux, l'inconnue éclairait, de sa présence, la grande pièce déserte.
Elle ressemblait à une statue antique tout juste découverte après un long passé enfoui.

Elle portait une robe blanche. Ses pieds étaient nus.

Je ne sais pas où je les ai laissées, dit-elle en s'adressant à Jean qui resta pétrifié sur le seuil de la porte.

Moi non plus, je n'en porte pas, dit-il en montrant les siens recouverts de sable.

Je m'appelle Clara. Je n'ai pas eu le temps de me présenter hier. Et vous ?

Jean, dit-il en s'approchant enfin.

Sans lui demander ce qu'elle souhaitait boire, il se dirigea vers le bar et choisit une bouteille de rhum hors d'âge - Millésime 1885, un Saint James originaire de Martinique.

Clara sourit à la vue de l'étiquette.

Ou est partie la mer ? Lui demanda-t-il en s'asseyant dans un fauteuil proche du sien.

Nous le saurons, peut-être, demain, répondit-elle en dépliant ses jambes.

Eclairés par la Lune, ils se regardèrent longtemps sans jamais cesser de parler. Surtout Jean. N'importe quel sujet l'emportait. En vérité, de telles conversations n'avaient d'autre but que d'éviter un silence que seul l'aveu d'un sentiment ou d'un désir pourraient perturber.

Si je me tais, pensait-il, *je ne pourrai ouvrir de nouveau la bouche que pour lui dire que j'ai envie d'elle.*

Quand avez-vous su que vous étiez, ici, pour moi ? Lui demanda t'elle subitement sans lui laisser le temps de terminer sa dernière phrase.

Tout de suite, lui répondit-il. *Dès l'instant où je vous ai vue. Et vous, vous le saviez également ?*

Aucun ne fut surpris du changement de ton de la conversation. Ils se regardaient comme s'ils s'étaient toujours attendus. Au cœur du grand salon, de l'enceinte de l'hôtel, et peut-être même de la plate étendue insulaire, ils n'étaient plus que deux. Seuls au monde et emplis de désirs.

J'ai envie de boire, finit-il par avouer. *J'ai envie de boire un verre de rhum de Cuba et t'embrasser. J'ai envie d'en boire un autre du Costa Rica et me déshabiller. Un autre du Venezuela et me coller nu contre toi. J'ai envie de faire l'amour avec toi en faisant le tour du monde sans avoir besoin de quitter la chambre. Viens*, lui dit-il encore. *Viens maintenant, suis moi...*

Pour la première fois, ils s'enlacèrent. Clara enfouit la tête dans le creux de son épaule. Dès la première minute, cette envie l'avait saisie. La veille, de là où elle s'était tenue, elle avait eu le temps d'apercevoir la peau lisse de Jean, cachée derrière la légère barbe qui encadrait sa figure. Et de celle, délicate, de son cou.
Elle embrassa doucement la partie discrète du dessous de l'oreille pour glisser lentement vers la joue puis la bouche. Jean frissonna et la serra encore plus fort contre lui. Il ouvrit les lèvres. Lui lécha la langue.

Un long et langoureux baiser les tint longtemps l'un contre l'autre avant que Clara se décide à lui dire : *Emmène-moi.*

L'emplacement du bungalow numéro deux méritait sa chance. Cinq minutes après, une nouvelle frontière de l'intimité s'ouvrit à eux.

La robe de Clara s'envola à l'autre bout de la pièce. Un arc de ciel de couleurs exotiques éclaira leurs désirs. Jean soupirait en embrassant Clara. Un souffle d'abandon suprême envahit son cœur, puis son ventre. Il ne sentait plus ses jambes. Clara non plus. En gardant les yeux fermés, ils trouvèrent le lit. La chemise de Jean courut rejoindre la robe froissée. Puis son pantalon. Il ne portait pas de sous-vêtements, elle, non plus.

Les seins de Clara n'étaient plus étrangers, mais si parfaitement faits pour ses mains et ses doigts. Et même sa bouche. Car il se mit à les lécher avec fougue. Clara s'agrippait à ses bras. Les épaules de Jean était si belles et si larges. De tout son poids Jean s'allongea sur elle. Elle lui saisit les fesses et écarta les jambes.
Leurs corps collés par la sueur s'unirent si forts que le voyage pu, enfin, continuer. Ils allaient et venaient à l'image du doux balancement de la houle.

Jamaïque, Barbade, Aruba et Belize, accueillirent, tour à tour, chacune des danses sensuelles et érotiques auxquelles ils se livraient. Epuisés ou repus, ils finirent par atteindre, dans une dernière étreinte intense et lumineuse, la mer des Bermudes où le mystère de leur ardeur se répandit enfin. Au loin, sans un bruit, la mer était revenue. Et toutes les couleurs aussi.

Les amants orange sanguine

Nouvelle

« Il y a l'air, l'eau, le ciel
et la terre sur laquelle on marche,
et l'amour »

Simone Schwarz-Bart
Pluie et vent sur Télumée Miracle

1

Il est difficile de savoir à quel moment on tombe amoureux. Je l'ai su, à cette minute, lorsque je l'ai vu murmurer des mots que je n'entendis pas. Il murmura des mots à l'oreille d'un homme qui venait de mourir et, en cet instant, j'ai su que je l'aimais.

Nous étions au 524ème jour d'un monde sans pluie. La plaine qui s'étendait devant nous ne connaissait plus ni joie, ni clarté, ni certitude, ni remède contre le mal dont elle souffrait. Mais nous étions ensemble. Lui et moi. Ensemble face à une armée d'émotions dispersées dans la nuit. Loin, très loin de la cité antique de laquelle nous avions été arrachés.

Les gouffres de la terre étaient assoiffés. Là où, il n'y a pas si longtemps encore, s'écoulait une rivière, on ne voyait plus que les racines des pins souffrirent à la vue d'un ciel sans nuages.
Il n'y avait plus de larves, ni d'insectes.
La nature était si sèche que plus aucuns végétaux ne brillaient sous les rayons du soleil. Toutes les nuances de vert avaient disparu. Seul un reste de mousse subsistait par endroits. Une teinte brunâtre dominait la forêt morte. Encore debout, elle demeurait encore stupéfaite du manteau mortifère qui la recouvrait depuis plusieurs mois, maintenant.

Au loin, du côté d'Agrinio, le plus grand lac naturel de Grèce, avait fait place à un désert au-dessus duquel plus aucuns des milliers d'oiseaux ne volaient. L'absence de leurs chants rendait l'atmosphère si lourde qu'on aurait pu croire la région entière recouverte d'un dôme d'acier.
Dès l'aube, la lumière se teintait d'un jaune écrasant qu'aucune autre couleur n'arrivait à transpercer jusqu'au coucher du soleil.

Il ne faisait pas chaud. Ce n'était pas un temps de canicule. Il avait juste cessé de pleuvoir.

Au cœur de ce paysage détestable, pour la première fois de ma vie, je sus que je pouvais, moi aussi, aimer quelqu'un. Loin, très loin de la ville endormie, où je ne m'étais jamais attachée à personne.

Il cherchait un personnage complémentaire, une compagne d'écriture et de guerre, une amoureuse, une complice pour partager avec lui la tragédie qu'il sentait arriver. Avec la plus absolue dévotion, je devins cette personne-là. Ensemble nous irions vers le drame. Structurer le chaos deviendrait notre seule mission.
Nos existences seraient jetées en sacrifice aux Dieux auxquels plus personne ne croyait, sauf à ceux qui pouvaient encore fendre en deux le ciel pour que la pluie, enfin, revienne.

2

« Intempérie solaire », titraient les journaux du monde entier. Du Nord au Sud, d'Est en Ouest, la même catastrophe désunissait l'humanité.

A quoi Nikolaï avait pensé au moment où il photographia le corps de l'homme inconnu qui venait de s'effondrer devant nous, terrassé par un arrêt cardiaque, alors qu'il tentait, comme nous tous, d'atteindre les côtes ? Lui avait-il glisser au creux de l'oreille un secret qui resterait inconnu pour moi ? Lui avait-il adressé un souhait ? Glissé un message pour l'au-delà ? Ou lui avait-il murmuré des mots pour mieux les entendre lui-même ?

Nous avions traversé des champs, des routes, des chemins ravagés par les feux de forêts silencieux qui se répandaient partout à une vitesse vertigineuse. L'eau, pour les éteindre, manquait. Les canadairs étaient devenus les biens les plus précieux sur terre. Alors que nous savions tous, depuis longtemps, qu'un jour, tout prendrait feu, pourquoi n'avions-nous pas anticiper l'accélération de leurs constructions ? C'est à cela que nous étions tous réduits. Avancer péniblement vers l'océan en espérant voir apparaître un bombardier nous asperger d'eau salée avant qu'il ne soit trop tard. Et nous souvenir des jours heureux où nous dansions dans les fontaines avant qu'elles ne deviennent des sculptures de cendres grises.

Nous sommes des fleurs fragiles
Et aussi les mains qui les broient
Hélas.

Voici le titre de l'article que je venais d'envoyer au journal qui nous avait dépêché, Nikolaï et moi, sur la zone de cette guerre sans soldats. Nous étions les *envoyés spéciaux* d'un hebdomadaire national aux ambitions dépassées par les évènements. Informer, raconter, témoigner, rendre compte des mouvements de populations qui prenaient de plus en plus d'ampleur à mesure que l'eau manquait.

La mer était l'endroit où l'humanité entière voulait se rendre. Une longue procession funèbre s'étalait à perte de vue. De loin, les silhouettes formaient un dégradé de sombres noirs qui, sous la lumière crépusculaire, tendaient vers un amoncellement de corps superposés, si enchevêtrés les uns aux autres qu'on n'arrivait plus à distinguer le vivant du mort.

Un petit bateau de pêcheur nous attendait non loin du port du Pirée. Située entre Rhodes et la Crète, au sud de l'archipel du Dodécanèse, l'île de Karpathos était notre destination.

En héritage, les parents de Nikolaï lui avaient laissé une maison, nichée en haut d'un village millénaire qui voyait les descendants des habitants revenir des quatre

coins de la planète. La traversée de plus de vingt heures nous paraissait être le plus grand et le plus long voyage que nous pourrions accomplir de notre vie.
Encore fallait-t-il atteindre la mer.

Un homme doit arborer les couleurs d'une dame avant de partir au combat. Nikolaï, portait autour de son poignet gauche, un bout de tissu jaune qu'il avait arraché à ma robe.
 Nos vêtements poisseux collaient à notre peau d'une manière si sourde que nous savions plus si nous étions à bout de nerfs ou morts de fatigue. Tout n'était qu'inconfort. Partout dans la bouche et dans les narines, un goût de brulé. Il était si fort, si persistant que nous avions oublié ce qu'était la vie sans cette odeur.
Nous avancions silencieux et honteux d'avoir le privilège de savoir qu'une embarcation nous avait été réservée. De temps en temps, sans me regarder, Nikolaï saisissait ma main pour la porter à sa bouche comme s'il cherchait l'air nécessaire à son ultime effort.

Dominer le monde du soleil sans fin et rejoindre, par la mer, le seul endroit où on ne pourrait pas mourir. C'est bien à cela que sert l'amour. Faire croire aux amants qu'ils sont uniques. Si magnifiques, qu'ensemble ils pourront fendre n'importe quelle mer et rejoindre l'autre rive où, le simple fait d'être deux, saurait maintenir l'équilibre de l'univers.

Gaia et Ouranos étaient là pour y veiller.

3

Non loin du port, l'horreur nous attendait. La vie semblait être devenue un chaos à jamais. Désespoir et dénuement étaient les plus cruelles expressions de l'agitation qui régnait tout autour de nous. D'autant plus cruelles qu'elles avaient un goût d'éternité.
Le simple nombre d'individus, cette densité de corps m'horrifiaient. Il n'y avait plus de place pour respirer, ces milliers de personnes entassées s'étouffaient les unes sur les autres.

Gagner la mer avait un prix. Il ne s'agissait plus de raconter le monde, de photographier, d'écrire sur ce dont nous étions témoins. A présent il s'agissait de lutter pour notre survie. Le danger était partout. Et la peur aussi. Elle avait gagné tous les visages. Même les plus jeunes, les enfants, voyaient leurs figures se froisser sur l'absence totale d'un futur lumineux.

Je voyais le cœur de Nikolaï soulever sa poitrine. Son regard, traversé de doutes et d'angoisses, piétinait le reste d'énergie qui me restait. Et pourtant, au milieu de cet épouvantable désordre, de ces effluves de terreur d'hommes et de femmes prêts à tout pour embarquer dans n'importe quel bateau, mon amour pour Nikolaï grandit encore. Plus la mort rodait plus l'envie de l'aimer et de sentir son amour pour moi m'obsédait.

Au cœur de cette apocalypse, une seule certitude, une seule pensée occupait mon esprit. Je n'avais aucune envie d'être ailleurs. Jamais je n'avais éprouvé un tel sentiment. Je vivais l'expérience de la parfaite synchronisation d'un lieu avec le temps. Comment expliquer la puissance et le bouleversement d'être dans un endroit douloureux et de sentir au plus profond de soi qu'aucun autre ne pouvait mieux nous accueillir et même nous comprendre.

Au bord du précipice, l'air est-il, d'un coup, plus pur ? Curieusement plus respirable ? Nous avancions vers la frontière du non-retour certains qu'au-delà nous attendait encore, une terre promise. C'est à cela que sert l'exode. Croire qu'un ailleurs est toujours possible. Pour atteindre le nôtre nous devions nous éloigner du port et rejoindre un ponton en contre bas d'une vieille église.

Plus je m'approchais de la mer et plus le souvenir des jours vécus, avant ma rencontre avec Nikolaï, s'évaporait. Cela faisait quatorze jours que je le connaissais et ma vie n'était plus faite que de lui.
Le parfum violent de la mer encercla mon corps avec force. Chaque nouvel effluve semblait être une corde qu'aucun vent n'aurait pu briser. Nous savions que pour survivre, il fallait oublier le passé.

Au milieu des gémissements de l'air étouffant, je crus reconnaître le signal du bateau qui nous attendait. Nikolaï hocha la tête vers le ciel et m'entraîna vers

l'extrémité d'un petit chemin rocailleux. L'épuisement et la hâte rythmaient chacun de nos pas. Nos vêtements poisseux collaient à notre peau d'une manière si sourde que nous savions plus si nous étions à bout de nerfs ou morts de fatigue. Lorsque, enfin, nous fûmes à notre point d'arrivée, prêts à embarquer, un relent de notre condition privilégiée souleva nos cœurs à nous donner la nausée. L'impossibilité de prendre quelqu'un d'autre avec nous, nous glaça de regrets et de honte. L'embarcation était trop petite. Elle n'était faite que pour deux.
On se hissa à bord en tremblant. Nos consciences accablées obéirent à nos mains aussi lasses que soulagées de pouvoir enfin dénouer les liens qui nous rattachaient à cette terre maudite.

Au loin, une rumeur grandissait. Hommes, femmes, enfants étaient si nombreux, si tenus les uns contre les autres, que leurs cris assemblés se transformèrent en un seul et unique grondement. La voix de l'agonie de la foule amassée le long de la côte s'éleva dans le ciel.
Un long râle à la sonorité rauque et sale se heurta aux flancs des collines pour retomber, plus ténébreux encore, sur la terre asséchée. Tel un venin, il semblait s'infiltrer dans chaque crevasse.
Bientôt l'étendue terrestre ne sera plus qu'une gigantesque plaie infectée par l'acidité des larmes et des plaintes de celles et ceux qui, au même instant, étaient devenus cadavres.

Alors que le rivage disparaissait lentement sous nos yeux, l'écho de la mort collective résonna en un bruit sourd pour s'évanouir aussitôt.

Il n'y eut plus que l'eau.
Il n'y eut plus que la douceur du clapotis de l'eau calme contre la coque du bateau.
Et le souffle de nos deux soupirs.
Egoïstement, comme tous les amoureux du monde, nous étions déjà tournés vers la promesse d'une île qui n'appartiendrait qu'à nous.

Pendant un long moment on ne pensa plus à rien.
Les épreuves de ces dernières semaines se cristallisaient lentement en une sorte de sidération qui nous laissait muet. La mer, tout autour de nous, était si émouvante. Nous l'avions tant espérée, tant rêvée que nous n'osions plus dire un mot, ni faire un geste de peur qu'elle se sauve, qu'elle disparaisse, elle aussi, comme l'avait fait, l'eau de pluie.

Une journée et une nuit entière de traversée nous attendaient. Durant de nombreuses heures, on se contenta de regarder le marin guider le bateau sans échanger la moindre parole.

Seul le murmure du bleu se fit entendre.

L'énergie de notre existence n'était plus consacrée qu'à avancer, à s'éloigner de la terre, à aller plus avant dans la mer.

4

Jamais autant de bateaux n'avaient navigué au même endroit. Nous étions fin juillet et dans la moiteur du début de soirée, nous attendions de voir le jour se coucher. Partout les lumières scintillaient. Les reflets de la lune et des étoiles faisaient de la mer l'horizon le plus éclairé de la terre.

Dès la seconde partie du voyage, la traversée nous apparut comme l'origine des origines. Au cœur de l'immensité liquide, tout ce qui nous rattachait encore à notre passé se dilua définitivement. Nikolaï se tenait contre moi à l'avant du bateau. Nous laissions les embruns nous caresser la peau et nouer nos cheveux.

Sa barbe était humide. Ses lèvres aussi. Taillés courts, les poils de ses joues et de son menton brillaient sous l'éclat de la voûte céleste. Il gardait les yeux clos. J'avais cru un instant qu'il s'était assoupi, épuisé par les longues heures de notre fuite. Mais son souffle n'était pas celui d'un dormeur. De temps en temps sa tête dodinait comme s'il cherchait un moyen de s'échapper dans un rêve. Le bruit du moteur et des vagues contre la coque du navire n'invitait pas au sommeil. Au contraire il nous maintenait en alerte. La sérénité n'était pas de mise. Au cœur de l'océan, le corps et l'esprit ne s'abandonnent guère qu'à la surveillance du mouvement de la houle.

Nous étions devenus les chroniqueurs de notre propre voyage. J'avais décidé de ne pas dormir de la nuit pour vivre chacune minute de cette traversée. Je ne voulais rien manquer de l'agitation de la mer, des vagues d'angoisse qui m'envahissaient par instant, du calme du marin pêcheur enfermé dans sa cabine, de la lueur des autres navires proches et lointains, et surtout de la clarté de la lune le long du corps de Nikolaï.

Dans l'abandon de sa position contre moi, il me sembla plus courageux encore. Exténué de fatigue, son visage conservait une grâce singulière.

J'aimais ses dents. J'aimais les sentir contre ma langue lorsque je l'embrassais. J'aimais sentir leurs chocs contre mes lèvres lorsque le visage de Nikolaï se collait au mien comme s'il voulait s'enfoncer dans mon crâne. Parfois il me semblait que nous étions comme deux rhinocéros collés corne contre corne. Une espèce animale en voie d'extinction, trop longtemps accoutumée à la vie solitaire, qui ne sait plus communiquer qu'à coup de charges d'un romantisme héroïque absolu.

L'ensemble des embarcations se répandait sur la mer telles des lucioles suspendues dans un ciel à l'impossible obscurité. Selon celle ou celui qui les observait, elles pouvaient, tour à tour, apparaitre comme des tâches phosphorescentes, des phares, des étoiles ou s'échapper au loin tels des points lumineux emplis de mystères.

Sans ouvrir les yeux, Nikolaï me demanda :

Avons-nous décidé d'être deux pour cesser de fuir chacun de notre côté ?
Voyage-t-on mieux ainsi ? Ensemble, sommes-nous certains de nous rendre quelque part ?
Ne plus être seul rend elle cette idée plus tangible, moins ambiguë ou dénuée de soupçons ?
Sommes-nous mieux acceptés par les autres et le monde ?
Alana, répéta-t-il, Alana, en restant avec moi, n'as-tu pas peur de ne plus maîtriser le cours de ton destin ?

Et si ne plus avoir de certitudes était ce que je cherchais au plus profond de moi, lui répondis je.
Être à tes côtés, regarder les mêmes choses, sentir les mêmes odeurs, parler avec toi sans avoir la possibilité de faire de projets, d'imaginer un futur puisque nous ne savons pas ce qui nous attend si la pluie ne revient pas, incarnent l'essentiel de mes désirs.

Ce sont les miens aussi, dit-il en tournant, enfin, son visage vers moi. Tu es devenue aussi précieuse que la lumière du jour. Je ne redoute plus ce soleil atroce. Je ne pense plus à demain. Je n'imagine plus la nuit d'après. Chaque seconde, chaque minute est devenue plus précieuse que tout ce qu'on pourrait imaginer de notre vie à deux, conclut-il en souriant tragiquement.

C'est à cela que sert une catastrophe planétaire. Ne plus être sûr de rien, n'avoir plus de lieu où nous cacher pour attendre des jours meilleurs, mais vivre chaque prochaine minute comme si elle était la dernière.

Tout était devenu intense, doux et paisible. Nous avions cessé d'avoir peur. Le roulis du bateau renforçait cette quiétude. Le mouvement des vagues restait la seule mesure du temps sur laquelle nos émotions pouvaient se caler. La régularité du bercement de la houle épousait chaque pulsation de nos cœurs. Et rien d'autre n'avait de sens, ni d'importance.

Nos corps fatigués se fondaient dans l'ossature de la coque. Nous ne faisions plus qu'un avec le bois contre lequel nous étions couchés. Nous étions devenus les nouveaux accessoires de l'embarcation qui filait sur l'eau sans se presser. Nous n'entendions plus les bruits du moteur. Peut-être avait-il été coupé pour laisser le courant nous emporter là où il serait bon d'aller.

Notre destination finale serait-elle l'île de Karpathos ou le cœur de l'étendue bleue que nous n'avions pas encore atteint ?

Nikolaï tendit son corps vers moi. Il m'agrippa si fort contre lui que je crus disparaître dans le creux de son épaule gauche. Son odeur n'était plus la même.
Le musc naturel de son épiderme s'était mélangé au salé de l'air marin qui fouettait nos visages depuis que

nous avions quitté la côte. Cachée derrière son oreille, une nouvelle senteur régnait.

Nikolaï avait un peu perdu de sa hargne. Il n'aspirait plus au visible. Le portrait de l'homme mort sous nos yeux serait sa dernière photographie. Mais à ce moment-là, nous ne le savions pas encore...

Je tendis mes lèvres vers les siennes en fermant les yeux. Un long filet de salive glissa le long de ma gorge. Il me donnait à boire. Bouche contre bouche, notre désir se transformait en nourriture. Chaque morsure de dent contre une lèvre se transformait immédiatement en élixir régénérant.

Au-dessus de nous, les nuages jaunes s'étalaient tels des fruits défendus. Au fil des jours sans pluie, on avait fini par haïr ces couleurs. Cette nuit-là, on voulut les aimer de nouveau. Un reste de pamplemousses et de citrons s'unit aux étoiles. L'acidulé du ciel épousa le salé de la mer jusqu'à enivrer nos narines.

Lentement l'orangé disparut pour laisser place à une teinte bleu-nuit qui gorgea l'étendue miraculeuse de la mer d'embruns nourriciers.

Puis, enfin, l'obscur dégradé s'évanouit.

Nikolaï laissa échapper un long soupir de bien-être et enleva sa chemise. De sa main droite, il souleva le bas de ma robe.

Je ne sais pas combien de temps nos étreintes duraient. Quelques minutes ou plusieurs jours.

Depuis que je le connaissais, il me semblait faire l'amour avec lui en continu. Même lorsque nous étions à quelques mètres l'un de l'autre, même lorsque nous n'étions pas nus, même lorsque nous parlions à quelqu'un d'autre, même lorsque nous dormions, nous faisions l'amour. Il n'y avait pas d'avant ni d'après.

Depuis la première minute de la première heure, nos esprits s'étaient unis et ne cessaient, depuis, de se caresser, d'échanger, de se contempler. Sans aucune interruption. Jamais. Depuis le premier regard.

A la lumière des premières lueurs du crépuscule, Nikolaï sortit de son sac, un petit carnet dans lequel il prenait des notes ou dessinait des croquis.

D'un trait fin il écrivit :

Sur la mer salée
On espère la pluie
Et de nos corps soudés
L'eau, enfin, jaillit

5

Si l'ambition d'une vie peut être, parfois, d'inspirer l'amour, j'en avais été écartée jusqu'au soir où je suis entrée dans le restaurant où se trouvait Nikolaï. Accompagné de journalistes venus du monde entier, il tenait, chaque soir, une espèce de tribune où les enjeux climatiques n'avaient déjà plus leurs places.

La presse, s'était, selon lui, transformée en pompes funèbres. Couvrir les enterrements à répétitions, photographier l'agonie, décrire l'horreur, faisaient de nous des prédateurs d'émotions à l'indécente démonstration. La mort, pour unique sujet, nous désespérait.

Pour se consoler l'humanité entière s'était mise à boire à outrance. Il fallait bien que quelque chose coule encore. Dans les verres et le long des gosiers. A toute heure de la journée, le coin bar était bourré à craquer.

Ce qui aurait pu ressembler au hasard était, en fait, un rendez-vous. Les yeux de Nikolaï brillaient déjà au moment où je m'étais approchée de lui.
Dès la première seconde, je sus qu'il était l'envoyé spécial de ma propre destinée.

Quelque chose de plus grand que lui animait son esprit. Comme s'il possédait un temps d'avance. Comme s'il savait quelque chose que nous tous ignorions encore.

A chaque fois qu'il souriait, le coin de ses lèvres s'étirait comme le font ceux qui réfléchissent plus vite que les autres. Je crois que j'ai aimé son courage avant d'aimer l'homme.

Je portais, autour du cou, une petite perle en nacre.
« La dernière goutte qui me sera donnée de boire » m'a-t-il dit lorsqu'il m'embrassa la première fois.

Nous nous connaissions depuis moins d'une heure. Nos destins se sont soudés aussi hâtivement que nos langues. Il n'y avait plus rien à dire de lui ou de moi. Nous étions juste ensemble.

Et nous voici allongés dans un bateau en route vers l'île de Karpathos pour laquelle il nous fallait traverser les Cyclades, la mer Egée pour espérer atteindre la Méditerranée par le sud.
Un soir et une nuit de voyage au rythme lent de la vague.

A quel moment un homme apprend-il à ouvrir les bras ? A quel moment de sa vie, acquiert-il ce savoir : Tenir une femme contre lui. La garder nichée au creux de son épaule ou de son cou. La laisser s'endormir la tête posée contre son torse. L'enlacer de ses deux bras. Caresser son visage, ses cheveux ? A-t-il toujours su ?

Dans la nuit bleue, une soudaine musique se fit entendre. De part et d'autre du bateau, une colonie de poissons mordorés nous suivait. Ils étaient si près qu'on n'eut aucun mal à les identifier nombreux. Alors qu'ailleurs, la faune et la flore disparaissaient peu à peu sous l'absence de l'eau, ici, la vie marine demeurait intacte. Leurs peaux brillaient sous les rayons de la lune lumineuse et pleine. Il nous sembla que la mer était devenue diamant. Nous avancions encerclés de pépites marines caressées par les vents nocturnes.

Lentement, au rythme doux du chant de la mer, je m'endormis.

6

Selon la mythologie, l'île de Karpathos, à la géographie âpre et rugueuse, aurait vu naitre les Titans, divinités grecques qui, dans l'histoire, ont précédé les Dieux de l'Olympe.

C'est au cœur d'un paysage hostile que la miraculeuse puissance des Titans se serait exprimée pour la toute première fois.

La traversée avait d'un calme irréel. Rien n'était venu perturber notre sommeil. Profondément endormis, nous avions navigué sans nous préoccuper des autres îles semées sur notre parcours. Sans avoir eu le temps de les voir, on s'était éloigné des rochers stériles des Cyclades. La réalité nue et mélancolique de leurs présences s'était éteinte à mesure que les flots d'azur nous avaient transportés.

A l'image d'une figure de proue, nos corps allongés à l'avant du bateau avaient dû apaiser les Dieux de la mer qui n'avaient eu cesse de nous murmurer à l'oreille :

Le bleu
L'écume
Le bleu
L'écume
Beauté lancinante de la houle

7

A l'aube, les Dieux du ciel nous accueillirent autrement. D'abord un vent léger caressa le bombé de nos lèvres. Un baiser gorgé de sel nous réveilla timidement.
Il faisait encore nuit mais déjà la lumière n'était plus la même. Une brume légère nous enveloppait d'une façon particulière. Le clapotis de l'eau était devenu plus sourd. Pourtant la vitesse du bateau avait gardé sa constance. Dans la cabine, le marin dormait. Le pilotage automatique manœuvrait avec calme.

Aucun autre navire n'était à vue. Nous avions suivi la trajectoire indiquée par les cartes et malgré tout, durant notre traversée, toutes les autres embarcations avaient disparu. De leurs présences, il ne restait plus que le souvenir d'une longue procession devenue fantôme.

L'île n'était plus très loin. Au moment où les premières lueurs du soleil jaillirent du fond de l'horizon, un dernier flot d'étoiles traversa le ciel avec hâte.
L'aube nouvelle apparut belle et sauvage.

Brulées par le vent de la nuit, nos anciennes croyances n'étaient plus. L'impensable était devenu religion.
Durant la traversée, en une seule nuit, nous nous étions allégés de notre passé à devenir nuages. Nous ne tenions plus à rien, pas même à notre apparence.

Et c'est peut-être grâce à ce sublime détachement que l'eau sanguine qui s'abattit, d'un coup, sur le navire et les environs, ne mouilla aucun de nos visages.

Car l'eau de pluie était revenue. L'île avait conservé ses antiques pouvoirs. A l'approche de Karpathos, le ciel se déchira enfin. D'immenses cumulus se formèrent à une vitesse prodigieuse pour se désunir aussitôt en déversant, sur nous, une eau colorée.

Sa trop longue absence s'était gorgée de rouilles.

Une pluie safranée se teinta d'orange puis inévitablement d'un rouge éclatant. Les cieux étaient entrés en irruption. Des coulées d'eaux épaisses semblables à de la lave se séparaient en franges pour se répandre abondamment dans la mer. Et alors la couleur se modifiait passant du rouge aux différentes teintes d'orangé, de rouille vive et de cinabre.

Visqueuse, grasse et collante la pluie se déversait avec puissance et rage.

Au cœur de ce déluge chamarré, l'île apparut au loin.
La mer n'était plus bleue.

Une teinte orange sanguine recouvrait l'immensité de la surface liquide. Avec peine, le bateau tenta de trouver la promesse d'une plage. La pluie et la mer étaient devenues si lourdes que, bientôt, il ne fut plus possible d'avancer.

Le marin, sorti d'un trop court sommeil, nous invita à quitter le navire et nous assura, qu'à la nage, nous pourrions rejoindre le sable.
Nous ne pouvions rien emporter. Il fallait laisser derrière nous, le peu de nos objets.
L'appareil photo de Nikolaï resterait sur le bateau et avec lui le souvenir de l'homme mort sur la route.
Nous emporterions, seulement avec nous, le mystère des mots murmurés à son oreille. Les mots que je n'entendis pas, ce jour-là, et que Nikolaï m'adressait, à présent, pour me donner du courage.

Les mots tendres qui embarquent une âme.

En tournant le dos au soleil, on se laissa glisser doucement le long de la coque pour rejoindre la nouvelle matrice liquide. Nous pensions devoir lutter encore. Il n'en fût rien.

La mer était si grasse qu'elle englua nos vêtements.
De bleu turquoise elle s'était faite rouge de sang.
Au-dessous de nous le ciel tirait vers une teinte écarlate à la puissance irréelle.

Nous nagions avec calme. Malgré l'épaisseur de l'eau dans laquelle on évoluait, nous ne ressentions plus aucun poids. Nous ne faisions plus qu'un avec elle.
La mer était devenue solide.
Nos corps, suaves et langoureux.

Nous sortîmes de l'eau avec, pour seules traces,
les morsures d'une lumière sèche
qui n'existait déjà plus pour nous.

Au loin, l'horizon disparut
sous le trouble de la pluie
qui ne s'arrêtait plus.

Sur le bout de sable où nous venions d'échouer,
un bleu translucide brilla
sous les pas de nos corps amoureux.

Tout pouvait continuer.

Mentions légales©2023 Cécile Oliva

Tous droits réservés

Les personnages et les événements décrits dans ce livre sont fictifs. Toute similarité avec des personnes réelles, vivantes ou décédées, est une coïncidence et n'est pas délibérée par l'auteur.

Aucune partie de ce livre ne peut être reproduite, stockée dans un système de récupération, ou transmise sous quelque forme que ce soit ou par quelque moyen que ce soit, électronique, technique, photocopieuse, enregistrement ou autre, sans autorisation écrite expresse de l'éditeur.

Édition : BoD – Books on Demand, info@bod.fr
Impression : BoD – Books on Demand, In de Tarpen 42, Norderstedt (Allemagne)
Impression à la demande
ISBN : 978-2-3222-3855-2
Dépôt légal : Avril 2023